Weihnachtsgeschichten aus Baden

Herausgegeben
von
Gundel Paulsen

Husum

Umschlagbild: Reinhard Sebastian Zimmermann, „Vorbereitung der Kinder zum Dreikönigsfest“
(Abdruck mit freundlicher Erlaubnis der Staatlichen Kunsthalle Karlsruhe)

Die Deutsche Bibliothek – CIP-Einheitsaufnahme

Weihnachtsgeschichten aus Baden / hrsg. von Gundel Paulsen.
– 4. Aufl. – Husum : Husum, 1997
ISBN 3-88042-279-6
NE: Paulsen, Gundel [Hrsg.]

4. Auflage 1997

Satz: Fotosatz Husum GmbH
Druck und Verarbeitung: Husum Druck- und Verlagsgesellschaft
Postfach 1480, D-25804 Husum

ISBN 3-88042-279-6

Seh' ich ein Kind

Annette von Droste-Hülshoff

Seh' ich ein Kind zur Weihnachtsfrist,
Ein rosig Kind mit Taubenaugen,
Die Kunde von dem kleinen Christ
Begierung aus den Lippen saugen,
Aufhorchen, wenn es rauscht im Tann,
Ob draußen schon sein Pferdchen schnaube:
„O Unschuld, Unschuld“, denk' ich dann,
„Du zarte, scheue, flücht'ge Taube!“

Tröstliche Kindheit

Reinhold Schneider

Wunderbares Dunkel dieser Tage! Wenn der Nebel die Fenster umdüstert, die Bäume wie Schatten in ihm stehen und die Sonne unsichtbar bleibt und die Vögel draußen sich nur noch ganz leise melden wie aus einem anderen Reich, – dann muß es doch gelingen, an den entsetzlichsten Schmerzen, den furchtbarsten Bildern vorüber einen Weg in die Kindheit zu finden. Die Erinnerung soll keine Flucht sein, kein Untergehen in der Trauer um Unwiederbringliches; aber wir bedürfen des Besten und Reinsten aus unserem Leben, wenn wir der Zeit nicht erliegen sollen. Wir müssen in die Tiefe der Vergangenheit hinab, wo wir einmal reines Wasser schöpfen durften; es wird uns wieder erquicken. Wahrscheinlich ist die Zeit der Kindheit in Wahrheit das nicht gewesen, als was sie uns heute erscheint; aber etwas ist unbezweifelbar geblieben als das Licht vom Lichte, der Strahl aus einer anderen Welt: es ist das Licht des Weihnachtstages; könnten wir es wieder empfangen, so würden wir auch erfahren, daß es dieselbe Kraft hat wie einst, wenn es nur in uns zu leben beginnt, vielleicht als das Beste, was uns in Menschen begegnet ist.

Das Haus lag einsam im Winter; unter dem nahen Ruf der Käuze, dem fernen des Uhus schliefen wir ein. Wenn wir am Morgen erwachten, kniete Joseph vor dem Ofen. Die aufflackernden Scheite warfen einen seidigen Glanz über seinen blonden Doppelbart, sein schönes, fremdes Gesicht. Wir dachten nicht daran, daß es dasselbe Gesicht war, das uns, unter einem alten, pelzbesetzten Fußsack hervor, der als Mütze diente, furchtbar bedroht hatte, wenn Nikolaus unter Kettengerassel die Treppen zum Vorraum heraufgestampft war; es war ganz unmöglich, Joseph und den heiligen Nikolaus zueinander in Beziehung zu setzen. Und auch was sich Joseph nun sonst im Hause zu schaffen machte, rührt nicht an das Geheimnis dieser Tage, mochten wir ihn hämmern hören in dem verschlossenen Eckzimmer oder auf der Treppe mit unförmigen Paketen überraschen.

Um diese Zeit wurden alle Räume des Hauses wunderbarer, namentlich die vielen unbewohnten, die mit lange nicht mehr benutzten Möbeln und Bildern angefüllt waren, und vor allem ein großer, völlig fensterloser Raum in der Mitte des Erdgeschosses. Es war, als webte sich in diesen Gelassen, ihrem Dunkel und ihrer Stille das Geheimnis, das langsam das ganze Haus durchdringen sollte. Draußen, in dem bereiften Garten, trug der Gärtner, ein kleiner, emsiger Mann, die edelsten Tannenzweige zusammen; vom Lande kamen die Frauen und Kinder; drei- oder viermal des Tages stieg der Briefträger in unsäglicher Geduld durch den Garten herauf. Jetzt kamen auch die leichten, aus Bambus gefertigten Körbe aus Nizza oder anderen südlichen Städten. Eine Wolke reinen, fremden Blumenduftes entwallte ihnen, wenn sie geöffnet wurden, und noch immer sehe ich die Mimosenbüsche im Vorfenster stehen. Die Sonne fiel durch die Eisblumen auf den Scheiben, daß sie blühten und tauten und vergingen, noch flüchtiger als die strahlenden Gewächse des Südens. Oder der Schnee sank über Nacht auf den Garten und beugte und breitete die dunklen Nadelbäume zu den wunderlichsten Formen auseinander. Wir wußten, daß Schnee gefallen war, noch ehe wir die Fenster öffneten, denn der Gärtner klopfte das Bahnholz an der Haustreppe ab; die Glocken klangen ferner, und bald bewegte sich auch das Klingeln des mit zwei Pferden bespannten Schneepflugs die Straße herauf. Jetzt waren Garten und Haus noch mehr auf sich selbst verwiesen; wir suchten im unberührten Schnee und meinten, bedeutungsvolle Spuren finden zu müssen. Litten wir es vor Ungeduld nicht im Hause, so flüchteten wir in den Pferdestall im Erdgeschoß des Gärtnerhauses. Dort pflegte der Gärtner empfindliche Pflanzen für den Winter zu verwahren; der „Kanonenofen" glühte; wir warfen uns in die Krippen aufs Heu und verzehrten die Gaben des heiligen Nikolaus, umschmeichelt von der feuchten Wärme der atmenden Pflanzen, vom Zauber des kleinen, aus mächtigen grünen Kübeln aufgesprossenen Palmenhains, während die Flocken die Fenster verhüllten und die Eintretenden sich den dicken Schnee von den Schuhen klopften. Dort, am Gärtnerhause, stand die Silberpappel, von der nachts der Uhu rief; ich hatte ihn nie gesehen, nur immer schauernd im Bett gehört und stellte ihn mir als einen majestätischen Vogel vor mit mächtig glühenden Augen.

Die Mutter fehlte an den Nachmittagen und auch an den Abenden und blieb schließlich fast den ganzen Tag in dem verschlossenen Eckzimmer. Der Vater hielt auch jetzt an seinem sorgsamen Tagesplan fest. Nur am späten Abend, wenn er von der Stadt zurückkam, wurde er für eine weihnachtliche Überraschung in Anspruch genommen, die ihm freilich nie glücken wollte; er sollte, während er an unsere Betten trat, irgendein Vorgeschenk des Christkindes, ein Zuckerhäuschen oder einen Engel, ins Zimmer schmuggeln. Er tat es umständlich. Es war ihm nicht gegeben, irgend etwas zu verbergen oder heimlich zu tun. Aber sobald er das Zimmer verlassen hatte, bemächtigten wir uns der Überraschung und nahmen sie für ein Wunder. In dieser Zeit des Wartens und der Vorbereitung, da die Hausordnung doch ein wenig in Gefahr kam, übernahmen die alten treuen Anverwandten ein wichtiges Amt; mit unendlicher Geduld ertrug eine alte Tante unsern Ungestüm, schälte sie Äpfel und Nüsse mit uns, oder sie half uns den Baumschmuck bereiten für ein Bäumchen, das wir selber schmücken und in unser eigenes Zimmer stellen durften.

Am Weihnachtsabend gingen wir alle mit dem Vater in unsere Kirche; der Weg durch den Garten hinab – auf dem wir hinter uns die noch unberührten Herrlichkeiten bereit wußten – und dann der Heimweg dem schweigenden dunklen Hause entgegen wurden in beseligter Ungeduld bestanden. Dann warteten wir jenseits des Vorraumes, bis die hohe Tür des Eckzimmers sich auftat und der Vater in ihr stand im feierlichen schwarzen Anzuge und hinter ihm die von der Mutter gebaute oder vielmehr gedichtete Krippe aufstrahlte im Schimmer ihrer Lampen und des noch nicht sichtbaren Weihnachtsbaumes. Und dieser Anblick des Vaters ist eigentlich das Unvergängliche des Festes gewesen für die ganze Lebenszeit; denn in diesem Augenblick war er ganz von Liebe umleuchtet, wie niemals in seinem Leben. Etwas Ernstes muß ihn bewegt haben. Aber er sprach nicht von heiligen Dingen. Und doch stand er in einem Glanze, den Menschen nicht auf die Erde gebracht haben.

Und vielleicht ist dies sein Bild, das am Weihnachtsabend aufstrahlte, sein eigentliches Wort an mich, das mich über die vielen Jahrzehnte erreicht. Haus und Garten sind verloren –, oft träume ich mich zurück, daß ich noch einmal als Knabe die Treppe hinaufschritte, ein Gast aus einem fremden, völlig untergegangenen Reich –; die Menschen, die das Haus betreut haben, sind entschwunden, und die Formen alle, auf denen unser Leben sicher zu ruhen schien, sind zerfallen; nur die Wälder stehen über der Heimat wie zuvor, und viele der Bäume im Garten könnte ich noch als Bekannte grüßen. Näher aber als alles Glück der Kindheit, dessen Fülle mich immer beschämen wird als einen Undankbaren, bleibt mir der Vater, dessen fürsorgliche Güte sich wortlos aussagte zwischen den geöffneten Türen, nun, da wir ihnen zuschritten mit den Verwandten und den Menschen allen aus dem Hause, während die Mutter sichtbar wurde neben dem Weihnachtsbaum. Mein Vater hatte nur dieses Wort seines Wesens: einzuladen in die Freude, die seine treue Arbeit bereitet, die er als redlicher Verwalter errungen hatte.

Und dieses Wort möchte ich mitnehmen und immer weitertragen heute und morgen; es ging aus einem großen Ernste hervor und wagte nur einmal im Jahre die Liebe unmittelbar mitzuteilen, die Gott in diese furchtbare Welt getragen hat. Daß uns einmal ein ganz reines Bild des Göttlichen im Menschen geschenkt werde, ist alles: es geschieht so oft unter Umständen, die wie Träume sind. Ward es uns aber geschenkt, so müssen wir es festhalten; wir sind ihm verpflichtet und haben kein Recht mehr, zu glauben, daß der Mensch verloren sei – selbst wenn das Weihnachtszimmer der Kindheit uns so weit entrückt wäre vom Grauen der Erde, daß es mit dem Einladenden uns heute erschiene wie die Schwelle des ewigen Lebens.

Advent in der Ortenau

Anton Fendrich

Daheim fing es schon an Martini an. Hinten auf der viereckig um den Innenhof laufenden Laube riefen die zwei Gänse aus dem Stall. Der Onkel in Karlsruhe hatte sie aus seiner Heimat, dem Taubergrund, besorgt. Da er aber bei Hofe war, nämlich Kammerdiener, und seine Frau, die Schwester meiner Mutter, uns mit den Randbemerkungen zu allem irdischen Geschehen versorgte, das immer auf die edle Tat eines Großherzogs, eines Grafen oder ganz früher eines Ritters zurückging, so wußte ich auch schon lange, warum die Gänse da unten mit goldgelbem Mais gefüttert wurden und für uns ihr Leben lassen mußten. Weil nämlich der heilige Ritter Martin, dem es gar nicht darauf ankam, einem Armen bei solchem Wetter die Hälfte seines wallenden Mantels zu schenken, einmal auf der Flucht vor Feinden sich in einer Höhle verbarg und dort von Gänsen verraten wurde, die ihn in seinem Versteck anschnatterten. Ich sah deshalb ohne Bewegung zu, wie die Gänse, auf dem Schoß der Mutter sitzend, mit ölgetränktem Welschkorn gestopft wurden. Die eine war für Weihnachten, die andere für Neujahr. Dazu schneielte es oft schon leise, und in der Ferne roch man Gänsebraten. Warum hatten sie damals auch geschnattert!

Derweilen schlenzte ich neben der Mutter die dünnen Blätter, an denen die nun entkörnten Maiskolben aufgehängt waren, in feine Streifen. Luftig aufgeschichtet gaben die zarten Fasern meine Matratzenfüllung fürs nächste Jahr. Auf diesem weichen, duftenden Lager schlief ich in den Advent hinein, und beim Aufwachen war der erste Gedanke, ob auf dem Schulweg beim Buchbinder Stöhr schon die Ausschneidebogen für die Krippen im Schaufenster liegen würden. Denn damit begann erst die ganze Herrlichkeit:

Ochs und Esel, Elefanten und Kamele, Fürsten aus dem Morgenland und arme Hirten, Engel und Palmen, der Stern über dem Stall von Bethlehem und die Gaslaterne an der Ecke der Gymnasiumsgasse, die oft in den trüben Tag hinein brannte, die Heilige Familie und die Hutzelwecken, die der Pedell Haag in der Schulpause verkaufte, Himmel und Erde – alles floß ineinander zu einer neuen Welt, in deren Mitte ein ganz kleines Kind strahlend in einem Futtertrog lag. Und hinter allem lauerte ein königlicher Mörder. Die Großli in Kürzell erzählte beim Strüblibacken, daß in der Weihnacht die Kühe und Pferde miteinander von diesem

Kind „und sellem Herodes“ redeten wie die Menschen. Aber zuhören dürfe man nicht. Und in Friesenheim, wo des Vaters Götti, der Uhrmacher, wohnte, sangen die drei Könige mit dem schwarzen Balthasar in der Mitte:

„Wir steigen alle drei's Bergle nauf,
Der König Herodes schaut oben raus,
Er schaut ja raus und das ist wahr,
Wir wünschen euch alle ein glückselig neu's Jahr.“

In der Küche daheim duftete es die ganzen Wochen hindurch nach Anis, Orangeat und Zitronat, und ich war sehr stolz, daß die Mutter so vornehmes Gewürz brauchte, um ihre Springerle und Lebkuchen zu machen. Eine süße Verschwiegenheit erfüllte das Haus mit seinem heimlichen Stricken und Sticken, Schnitzen und Malen für die Geschenke. Die große Petroleumlampe wurde immer früher angezündet, und doch wurde die Erde immer heller und der Himmel immer mächtiger, bis die Mutter auf zwölf Tage das Spinnrad in die Ecke stellte und dann nach viel angehaltenem Atem anderntags der Heilige Abend kam . . . Alles das waren – jetzt weiß ich es – letzte Reste vom Volksleben an Weihnachten, wie sie Vater und Mutter aus dörflichen Bezirken in die Stadt gerettet hatten.

Bald zwei Menschenalter lang floh der Zauber des Advent immer mehr und mehr. Aber als vor nicht langer Zeit die fünf letzten Abiturienten des Jahrgangs 1887 in der „Sonne“ in Offenburg ihr verspätetes fünfzigjähriges Mauleseljubiläum feierten und der Sonnenwirt ihnen seine köstliche Krippensammlung zeigte, da war das nur eines der vielen Zeichen der Gegenwart, daß die alten Quellen wieder aufbrechen und Gegenwart und Vergangenheit sich die Hände reichen. Mit jedem Schluck Klingelberger standen im Kreise der Jubilare hinter den rot und weiß gewürfelten Vorhängen immer neue Erinnerungen auf. Erzähltes und Gelesenes, Gelerntes und Selbsterlebtes aus der Zeit, wo der Glaube an dieses merkwürdige Kind und seine Macht noch ganz lebendig war als ein Wissen um den Sieg der Liebe, der Güte und der Reinheit, gewann Gestalt:

Wie tief mußte den Bauern droben am Kaiserstuhl dies Geheimnis ins Herz gesunken sein, daß sie in der Weihnacht mit Krügen und Kübeln aus allen Brunnen des Dorfs Wasser holten, das durch diese Geburt heilig und heilend geworden war, und es den Kranken brachten und dem Vieh zu trinken gaben. Wie groß muß die Liebe zu allem Lebendigen bei den Bauernfrauen gewesen sein, die am Christabend den Obstbäumen im Grasgarten ein warmes Strohseil um den frierenden Stamm banden und dazu sprachen: „Do bring ich dir ä Christkindli, bring mir au eins übers Johr.“ Und wieviel heidnische Gesundheit und Überlegenheit über die Evasage muß in den Mädchen gelebt haben, die mit einem Apfel im Sack durch alle drei Weihnachtsmessen vom Rorate bis durchs Hochamt gingen und dann zwischen elf und zwölf Uhr heimlich den Apfel allein verspeisten in der festen Sicherheit, so den Zukünftigen im Gesicht zu erschauen.

Die Uhr tickte in der schönen, alten Wirtsstube. Der Pfarrer, der Altphilologe, der einstige Generalstäbler, der Fabrikant aus dem Unterland und der Schreiber, alle fünf fuhren sich durch das graue Haar, schauten in die ferne Jugend zurück, verrichteten einen Schluck, und dann ging's weiter.

Da marschierten sie auf, von den verkleideten Frankenbuben am Mainbogen bei Wertheim bis hinauf zu den jungen Seehasen von Konstanz und Meersburg: der Santisklaus mit seinem Gesellen, dem Rupelz und dem Bickesel; väterliche Milde im Heiligenschein und die Schrecken der Hölle beieinander; rasselnde Ketten in den Händen und die Lockung der Schnitze und Nüsse im großen Sack. Dann machte der St. Andreas seine Aufwartung, zu dem die Mädchen noch anfangs des letzten Jahrhunderts vor dem Schlafengehen in den Adventsnächten beteten:

„Bettlad', ich tritt dich,
Heiliger Andreas, ich bitt' dich,
Zeig' mir in dieser Nacht
Den, den du mir zugedacht.“

Der Melchior, der Kaspar und der Balthasar zogen daher mit ihrem strahlenden Stern über ihren alten Mänteln. So stieg die Stimmung von Stunde zu Stunde, die Seele des badischen Landes wurde wach, und die ewige Jugend aller Weihnacht fing an zu leuchten. Das Irdische verflocht sich mit dem Himmlischen, und der geheimnisvolle Brauch des „Bosselns“ und „Klöpfelns“, wie sie im Unterland sagen, wurde von der heidnischen, von der christlichen und schließlich von der ganz und gar weltlichen Seite her erklärt. Denn wenn einer in den vier Donnerstagnächten vor dem Fest klöpfelte, das heißt an die Scheiben von Bekannten in aller Heimlichkeit Bohnen, Erbsen oder Welschkorn warf, ohne daß man sich zeigen durfte, so haben da sicher die Gefühle mitgespielt, die dem einfachen, schlichten Fensterln auch nicht fremd sind. Jedenfalls hat der Rat der Stadt Freiburg in den Jahren 1539 bis 1556 nicht umsonst das Bosseln verboten; und es muß schon etwas von Liebeszauber und altem Gespensterspuk dabei gewesen sein, daß die fromme Stadt Basel anno 1436 während des Konzils diesen Brauch untersagte mit der köstlichen

Begründung, daß er „den fremden Herrn unkundig sei". ...

Wie es gekommen ist, weiß ich nicht mehr zu sagen. Der Abend der Fünf ging aus, als ob Sperrnacht im goldenen Land bei Bühl gefeiert würde. Dort wird die letzte Nacht vor dem Heiligen Abend nicht wie droben auf dem Schwarzwald oder ganz drunten an der Tauber in stillen Räumen, in innerer Sammlung und mit letzten Vorbereitungen zugebracht, sondern bei Tanz und Gesang. In Balzhofen mußten die Mädchen um Mitternacht über den Besen springen, da sie das Spinnrad haben einsperren müssen, und in Ottersweier oder Kappelwindeck wurden in dieser Nacht mehr „Schulterblättle" gekocht und Schinken gegessen als sonst einmal im Jahr. Dieser festliche Geist wirkt heute noch in der ganzen Ortenau und wirkte so auch an dem besagten Abend in der „Sonne". Man schläft gut darauf. Und man träumt noch schöner. Denn auf einmal stand, als ich im Bett lag, unsere liebe Frau vom Schnee vor mir. Rings um sie strahlten die weißen Berge in der Wintersonne, und was sie mir anvertraut hat, das läßt sich auch im besten badischen Hochdeutsch nicht so leicht erzählen. Sicher war es die Frau Holle selber. Sonst hätte nicht so hehre Größe und lächelnde Güte aus ihren Augen strahlen können. Sie ist die ewig jungfräuliche Frau der Welt. Ich träumte, und da kommt es auf den Namen nicht an. Auf jeden Fall hatte sie das, was die Menschen früher dummerweise das Leichentuch der Erde nannten, als blitzenden Brautschleier um sich geschlagen. Jawohl, die Erde war Mutter gewesen, hatte ihren reichen Herbst gehabt, war unter dem kühlen Rieseln langsam eingeschlummert und hatte im heiligen Schlaf ihre Jungfräulichkeit wiedergewonnen für den nächsten stürmischen Lenz. Und jetzt wollte sie mir gerade nur schnell guten Morgen sagen. Da prasselte und bosselte eine Handvoll Erbsen an die Scheiben.

Ich wachte auf, und die Uhr der Pfarrkirche, die so etwas wie mein Gewissen war in meiner Schuljugend, schlug wahrhaftig 11 Uhr vormittags.

Fragt der Nicola

Abraham a Santa Clara

Fragt der Nicola:
Wie sich die Kinder das ganze Jahr verhalten haben?
Ob sie gerne beten?
Denen Eltern und Praeceptoribus gehorsam sein?
Ob zum Exempel der Hanserl und der Paul nicht zu faul?
Ob der Fränzerl und Ignazerl kein schlimmes Fratzerl?
Ob der Michel und der Six vielleicht gelernt nix?
Ob die Cätherl gern bei dem Räderl?
Ob die Sabindl gern bei der Spindl?
Ob die Lieserl und Thereserl
nicht etwan zwei junge Eserl?

Das Nikolausfest im neunzehnten Jahrhundert

Elard Hugo Meyer

Das größte Kinderfest ist noch immer wohl der Mehrzahl der badischen Jugend das St. Nikolausfest, an dem die Paten so freundlichen Anteil nehmen. Der Heilige stellt sich in Rottweil, Grunern und Krozingen, wenn auch nicht in jedem Hause, als Bischof dar. In Wolfach schnitzen sich die Kinder schon 2–3 Wochen vorher ein vierkantiges Stäbchen, das „Klausenhölzle", das Kerbholz, worauf sie täglich die Zahl der gebeteten Vaterunser getreulich einschneiden. Am Vorabend des Klaustags wird das Hölzle vor die Haustür gelegt. Nikolaus riecht dann daran und erfährt dadurch, ob die Kinder auch wirklich so viele Vaterunser gebetet haben, als Einschnitte gemacht sind. Dann tritt er oft selbst mit seiner Bischofsmütze und Rute oder seinem Stabe ein, prüft in Religion, legt je nach dem Ausfall der Prüfung Geschenke ein und scheidet mit der Mahnung zum Gehorsam. Auch in Klein-Laufenburg erscheint er in weißem Gewande und mit weißem Barte, eine Krone auf dem Haupt. Ihn begleitet manchmal der schwarze „Rubelz" mit einer langen eisernen Kette, an die er die bösen Buben anketten soll. In Unterlenzkirch, wo er gleichfalls weißbärtig mit einer Glocke, einem Sack voll Äpfel usw. und einer Rute ins Haus kommt, teilt er nach der Prüfung Geschenke oder Schläge aus. Das Klausenholz wird vor dem Zubettgehen neben eine Schüssel, in die er nachts seine Gaben trägt, auf den Tisch gelegt. Hat das Kind mehr Schnitte gemacht als Vaterunser gebetet, so macht der Heilige das Holz in der Nacht schwarz. Ähnlich bei Überlingen. Überhaupt kehrt das Klausen- oder Betholz (in Grunern und Menzingen), das Sametklaushölzli (in Unteralpfen) durch das ganze Land wieder. Weil St. Niklaus oft mit einem Esel, der die Gaben trägt, kommt, wie in Holland auf einem Pferd, so wird in Buchholz (Waldkirch) Hafer und Roßmist vors Haus gebracht, damit der abhanden gekommene Hafer und der zurückgebliebene Mist beweisen, daß der Esel wirklich vor der Tür war. In Achdorf (Bonndorf) setzen sie sogar zum Heu Branntwein vors Fenster, in Berau (Bonndorf) zu einem Becken ein Gläschen „Hung" (Honig) und ein Gläschen Schnaps. Nach dem Glauben in Unteralpfen (Waldshut) hat er einen Glaspalast im Bodensee und spricht mit den Eltern auf dem Markt in Waldshut, wo die Marktleute in seine „Wanne" Geld werfen. In Hugstetten (Freiburg) wohnt St. Nikolaus auf dem Kirchturm und reitet, durch den Hausvater dargestellt, in Aschentuch eingehüllt auf dem Knecht herein, der auf allen Vieren kriechend den Esel macht. Der Pickesel in Mietersheim (Lahr) aber ist ein schwarzer, vermummter Mann, der zum Nikolaustage mit dem gekrönten oder bekränzten Christkind umgeht. Dann sangen die Kinder:

„Ehre sei Gott in der Höhe!"

In Öflingen begleitete vor dem Siege des Christbaums den Heiligen außer dem Esel noch ein Büttel. Gewöhnlich hat sich aber der Heilige in einen oft schellenrasselnden Pelznickel oder Pelzbuob (Boizebue) oder Benzenickel d. h. in einen vermummten wilden Mann verwandelt, von Tegernau im Kleinen Wiesental über Hornberg bis ins Unterland und fränkische Bauland hinein, oder in einen Rupelz, z. B. im Kaiserstuhl, im Unter-Bühlertal, in Ober-Harmersbach, oder in einen Knecht Ruprecht in Todtmoos, in Bernau (St. Blasien), oder in einen ebenso weit, von Konstanz und Villingen über Gutach bis ins Unterland verbreiteten Pelzmärte oder Belzmörde (d. h. Pelzmartin), wie denn überhaupt das Martins- und das Nikolausgabenfest an manchen Orten Deutschlands verschmolzen und beide dem Christfest unterlegen sind. So erging es auch den Martins- und Nikolausschmäusen und andern Bräuchen, die auf Weihnachten, bzw. den Stephanstag verlegt wurden. Darum gehen denn auch wohl St. Nikolaus und der Pelzmärte vereint durch die Dörfer wie in Villingen und ebenso das Christkindle und der Pelznickel oder Pelzmärte wie in Hornberg, in Rastatt, Berolzheim (Tauber) oder St. Nikolaus und der Knecht Ruprecht wie in Konstanz.

St. Nikolaus, mag er nun allein oder mit einem solchen halb schreckhaften, halb komischen Geleitsmann kommen, hat an manchen Orten viel von seinem alten Respekt eingebüßt. Denn die Kinder rufen ihm zu:

„Santi Klaus, Butterfiddele,
Loos mer au än Öpfel ligä!"

oder: „Santi Klaus, i bitt di,
Stiehl mer au e Diti (Puppe),
Aber eis, wo Bäbele heißt,
Sunscht willi gar ä keis."

Dann tritt er herein mit den Worten:

„Ich tret herein mit meinem Stab,
Will schauen, ob ich brave Kinder hab.
Sind sie brav oder nit?
Rugpelz, kumm und nimm sie mit."

Der mit schwarzen Fellen bedeckte Rugpelz läuft wie ein Hund auf allen Vieren ins Zimmer und droht, die Kinder mitzunehmen. Ähnliche Spottverse auf den Heiligen wie in Rütte bei Säckingen singt man in der Baar und am Bodensee.

Nur an einigen Orten hat sich länger eine über das Kindesalter hinausgreifende Bedeutung des Nikolausfestes erhalten, wie in Reichenbach (Gengenbach), wo man auch die Dienstboten am „Klaustag" mit Kleidern beschenkte. In den meisten Orten, namentlich in den protestantischen, ist der volkstümlichere Heilige vor dem Christkindle in stetem Rückzuge und an manchen, wie in Neukirch (Triberg), schon nicht mehr bekannt. In Köndringen (Emmendingen) hörte ich „den Nikolaus führen wir nicht".

Dem weihnachtlichen Kinderfreunde Christus haben vor allen die Lehrer die Bahn bereitet, und wenn in vielen Dörfern der Christbaum noch eine neue, vereinzelte Erscheinung ist, die nach einer kaum glaublichen Angabe in Balzhofen (Bühl) wieder immer mehr schwinden soll, so fehlt in vielen Dörfern in keinem Hause, auch nicht dem ärmsten, der freundliche Lichterbaum. Jedoch hat nun doch St. Nikolaus sich oder wenigstens einige seiner Attribute, seinen Esel und seine Rute, ins Weihnachtsfest hinübergerettet oder vielmehr dem Christkindlein abgetreten oder er hat sich, wie schon bemerkt, zu seinem Begleiter gemacht. Man sagt sogar hie und da im Ober- wie Unterland am Christabend: „Pelznickel" oder „Pelzmarti muoß die neme." Weitverbreitet ist der Brauch, daß ein weißgekleidetes verschleiertes Mädchen als Christkindle, oft vom Pelznickel in furchtbarer Vermummung begleitet, am Christabend die Geschenke der Eltern in die Küche oder eine Nebenstube legt oder selber den Kindern überreicht, oder es kommt mit einem Mädchen oder Burschen, die, mit einem Aschen- oder Leintuch über einer Heugabel bedeckt, einen Esel, in Fußbach (Offenburg) „Eselsbock" genannt, darstellen sollen, oder es hat wenigstens eine Rute bei sich. Die Weißgekleidete läßt die Kleinen beten und singen, auf den Esel müssen die bösen sitzen und bekommen die Rute, so in Tiefenbach (Eppingen). In Unzhurst (Bühl) reitet sie auf einem Esel und kommt, wie man sagt, vom Gebirge und vom Himmel her. In Häg im Wiesental hat das Christkindle sogar ein eselbespanntes Wägelchen, dem man vielfach abends vor dem Haus den Weg bahnt, eine Stiege zum Fenster, hinter dem der Gabenteller steht, erbaut und Futter richtet. In der Bruchsaler und Brettener Gegend legt man abends vor die Haustür oder häufiger auf den Mist ein Bündel Heu, das am Christmorgen dem Vieh zum Fressen gegeben wird. Darum singen dort die Kinder am Christabend:

„Christkindle, komm in mei Haus,
Leer die goldnen Kistchen (Körble, Taschen) aus;
Stell d' Esel uff de Mist,
Daß er Heu und Haber frißt!"

Ähnlich wird der Esel um Buchen behandelt.

Die Heiligen Martin und Nikolaus sind wohl deswegen zu gütigen Spendern geworden, weil der eine Arme und der andere Kinder beglückte, die Festtage beider aber in die Zeit der festlichen Ernte- und Schlachtschmäuse fielen. Der Knecht Ruprecht scheint nichts weiter als der Typus eines Bauern, der unter diesem Namen nach Tille seit 1530 in Gesprächen und 1663 in einem Spiel auftritt. Eher als in ihm einen gabenspendenden oder auch schreckenden Heidengott könnte man sich in dem weißgekleideten Mädchen, das von Baden bis nach Schlesien vorkommt, eine strafende oder lohnende Göttin verborgen denken . . .

Aber alle diese heiligen wie bäuerlichen Figuren verdrängt unaufhaltsam der Christbaum, den die Buben wohl selber aus dem Walde holen. Er wird nicht bloß mit Äpfeln und Nüssen, sondern auch mit Lichtern geschmückt und in manchen Dörfern auch mit allerlei Kuchen- und Flitterwerk behängt, und unter ihm liegen dann die Gaben auf dem Tisch. Eine Art Nachfeier gibt's dann noch z. B. in Graben: das Bäumchen oder wenigstens sein Wipfel wird nach den Weihnachtstagen an die Zimmerdecke gehängt und noch ein paarmal angezündet, bis die Nadeln fallen. Auch werden der Christbaum und die Krippe in Schmidhofen bei Staufen entfernt und dann die Sachen des Christbaums verlost. Neuerlich ist in einigen Ortschaften, wie in Graben und Gersbach, eine gemeinsame Kinderbescherung in der Kirche beliebt geworden, worunter die vorhergehende reizvolle häusliche Heimlichkeit des Festes sehr leidet. Aber den Ärmeren kommt sie recht zu statten, und in Helmsheim bei Bruchsal vereint sie beide Konfessionen in der evangelischen Kirche zu einem Fest der ganzen Gemeinde.

’s Büebli

Hermine Villinger

Die Herbstferien waren zu Ende, ’s Büebli mußte heim. Es stand auf der Treppe des Feldbergerhofs und schluchzte. Die Meidli kamen herbei und suchten den kleinen Mann zu trösten; die Herrin des Hauses, Fräulein Fanny, packte ihm ein mächtiges Stück Kuchen in den Rucksack.

„So“, sagte die mütterliche Frau, „und jetzt laß das Weinen sein, du kommst ja im Sommer wieder.“

„Ja, aber der Winter ist gar so fürchterlich lang“, stotterte das Büebli.

„Da lernt man brav in der Schul’. Und bringst ein gutes Zeugnis mit, darfst im Sommer mit dem Esel auf den Turm fahre – du allein –“

„Uh je!“ machte das Büebli, und ein strahlendes Lächeln glitt über sein verweintes Gesicht.

Das war ja der Traum seines Lebens – den Proviant zum Turmgasthof hinauffahren zu dürfen, um dann im leeren Wägele im Galopp herunterzusausen.

Er stand wie im Traum.

„Jetzt bhüt’ dich Gott!“ sagte Fräulein Fanny und schob ihn die Treppe hinunter.

„Aufs Wieder-wiedersehe!“ riefen ihm die Meidli nach.

Er schluchzte schon wieder.

Vor zwei Jahren hatte das Büebli zum erstenmal den Bruder auf dem Feldbergerhof heimgesucht; es zählte damals sechs Jahre. Mit offenem Mund stand es da und sah dem geschäftigen Hin- und Herrennen der Meidli und Burschen zu, von denen ein jedes wußte, was es zu tun hatte.

Denn überall, bald da, bald dort, tauchte die ruhige Gestalt der Hausfrau auf, die alles sah und hörte und mit einem Blick mehr ausrichtete als andere mit einem Schwall von Worten.

„Schau’, Büebli“, sagte sie eines Tags zu dem Kleinen, der ihr im Weg stand, „immer Hand anlege, wo man kann; merk’ dir’s.“

Er ließ es sich nicht zweimal sagen, und bald sah man ihn mit dem Bruder eifrig die Bestecke putzen oder das Geschirr abspülen. Und so überall, wo es zu tun gab, half er mit; ganz still, ohne lange zu fragen, griff er zu, und es war drollig anzusehen, wenn er im Eifer über seine lange, vom Bruder geliehene Schürze stolperte.

„Halt, halt", rief ihm Fräulein Fanny eines Tages nach und zog ihm die Schürze unters Band hinauf, „so ein Büebli wie du ist ja ein Sege fürs Haus!" – –

Der kleine Wanderer hatte die Hochebene des Herzogenhorns erreicht und setzte sich nieder, um den Imbiß in seinem Rucksack zu verzehren. Dabei hing sein Blick an dem sich lang vor ihm hinstreckenden Feldberg, dem höchsten aller Berge des Landes. – Wie schön, dereinst mit dem Gefährt vom unteren Hof hinauf zur hohen, luftigen Bergesspitze zu fahren! Angelegentlich verfolgte der Knabe seinen künftigen Weg mit allen dessen Krümmungen, Höhen und Tiefen. Sonst sah er nichts von der herbstlichen Schönheit ringsumher. Was ging ihn der goldgelbe Laubwald an drunten in den Tälern zwischen den dunkelbewaldeten Bergen. Nicht einmal die in wunderbarer Klarheit vor ihm aufsteigende Alpenkette würdigte er eines Blicks.

Unter ihm, tief im Tal, lag sein Heimatsdorf; die grauen Schindeln der Dächer glänzten im Sonnenschein; in der letzten der niedrigen Hütten, da wohnte sein Vater.

Als das Büebli von seinen ersten Ferien vom Feldberg zurückkehrte, wie freudig war er den steilen Abstieg hinabgerutscht, dem Elternhaus zu. Drinnen aber – betroffen sah er sich um – hatte er denn vergessen, wie eng und dumpf die Stube war, in der die Seinen lebten; hatte er vergessen, daß, wenn die kalten Tage kamen, sich die Hühner und Schweine mit um den großen Kachelofen scharten und einander stießen und drängten? Vater und Brüder aber, kaum zu erkennen in dem fürchterlichen Qualm ihrer Pfeifen, zimmerten an ihren Kübeln, der Arbeit des Winters, und redeten kein Wort.

Des Samstagsabends kam die Magd mit dem Besen und fegte ein wenig über den vor Schmutz starrenden Fußboden hin. An die Fenster dachte sie nie; die wurden weder geöffnet noch geputzt, so daß in der niedrigen Stube ein ewiges Halbdunkel herrschte.

Die alte Person machte große Augen, als sie plötzlich das Büebli mit einem nassen Lappen herumgehen und bald die Fenster, bald den Tisch oder den Fußboden abwischen sah.

Den Vater wollte er belehren, daß die Schweine und Hühner nicht in die Stube gehörten.

Wie auf dem Feldbergerhof, so wollte er auch hier zum Segen des Hauses werden, allein es erging ihm wie allen, die Augen haben zum Sehen und Ohren zum Hören – er mußte Verfolgung leiden von jenen, die nicht sahen und nicht hörten. Die Seinen schauten den Bemühungen des Büebli, sie aus ihrem Schmutz und ihrer Dunkelheit zu reißen, wie etwas Feindlichem zu. Und als ihm der Vater eines Tages mit einer Ohrfeige zu wissen tat, er, das Büebli, sei nur zum Ärgernis der Seinen auf der Welt, da stand das Kind wie vor einem dunklen Rätsel.

Daß hier, bei ihm daheim, Ärgernis genannt wurde, was auf dem Feldbergerhof recht und brav war, konnte er schlechterdings nicht verstehen. Aber er begriff jetzt, warum der Bruder so selten und stets nur für ein paar Stunden nach Hause kam. Dem gefiel's auch nicht mehr in der dunklen Stube. Ach, der konnte lachen!

Wie oft hatte ihm der Bruder von der herrlichen Weihnachtsfeier droben erzählt, wie sie alle im Festgewand um den großmächtigen Christbaum standen und ihre Weihnachtslieder sangen, vom Kripplein mit dem Jesukind, von Maria und Joseph; wie Ochs und Eselein aus dem Stall lugten und die Hirten anglotzten, die da knieten mit hocherhobenen Händen und das Jesuskind anbeteten.

„Und ein Büebli ist dabei“, hatte der Bruder seinen Erzählungen hinzugefügt, „ein Büebli aufs Haar wie du –“

„Wenn ich doch das Büebli wär“, seufzte der Kleine, dem väterlichen Haus zuschreitend.

Bei ihm daheim gab's keine Weihnacht, kein Kripplein, keinen Baum. Am Morgen des Feiertags lagen wohl ein paar Äpfel und ein Lebkuchen auf seinem Bett, und zu Mittag gab's Speck und Sauerkraut. Aber das war alles.

Der Kleine stand daheim herum, die Hände in den Hosentaschen. Niemand kümmerte sich um ihn, niemand leitete ihn an, dies oder das zu tun. Es war ihm vergangen, die Fenster blank zu putzen oder den Tisch; all das Schöne, das er gelernt hatte, all das Gute, das er wußte, er mußte es für sich behalten und mit den Seinen in der Dumpfheit leben. –

Tiefer Schnee war Anfang Dezember gefallen. Sehnsüchtig sah der kleine Mann den Brüdern nach, wie sie auf ihren Schneeschuhen auszogen und dann von den Abhängen heruntersausten mit den Burschen des Dorfes.

„Wenn ich Schneeschuh' hätt'“, schoß es dem Büebli durch den Kopf, „dann könnt' ich zum Christkindle drübe sein –“

Da kam ihm eine Idee – noch zu guter Letzt – es war die höchste Zeit.

Als die Seinen schliefen, holte er ein paar Schneeschuhe herbei und bohrte beim Schein der Stallaterne so viele Löcher in das Riemzeug, bis es ihm fest um die kleinen Füße saß. Er zog sich sein Mützlein um die Ohren, wickelte sich einen wollenen Schal um den Hals und trat, die großmächtigen Schneeschuhe im Arm, vor die Hütte.

Dem Kind klopfte das Herz bis in den Hals; die Schneeschuhe an sich gepreßt, lief es, was es konnte, bis es das Dorf hinter sich hatte. Dann erst wurden die Schneeschuhe angeschnallt. Im ersten Augenblick war dem Büebli beinahe verlegen zumute; wie sollte er, der kleine Kerl, der großmächtigen Dinger an seinen Füßen Herr werden? Er machte einen Versuch und lag auch gleich auf dem Rücken.

Wie er mit den unschierigen Dingern schalt! Aber vorwärts kam er doch, und die letzte Strecke ging's beinahe flott.

Nun aber kam der Aufstieg; auf einen Schritt vorwärts gab's immer zwei Schritt zurück; ein Stolpern und Fallen war's über die aus dem Schnee ragenden Tannenäste, ein Keuchen und Mühen. Endlich, die Hälfte des steilen Aufstiegs war zurückgelegt, das Kind wollte Atem schöpfen – da rutschte ihm einer der Schneeschuhe vom Fuß weg ins Tal hinab.

Das Büebli brach in Tränen aus; was blieb ihm anderes übrig – wenn er zum „Christkindle“ auf dem Feldbergerhof sein wollte, mußte er seinen Schneeschuh wieder haben.

Er rutschte ihm nach und schnallte sich mit blaugefrorenen Händen die Schneeschuhe wieder an. Dabei fiel ihm ein – wenn die Brüder einen Berg hinan fuhren, machten sie den Weg im Zickzack. Einige vergebliche Versuche, und siehe da, es gelang; er erreichte die Höhe des Herzogenhorns.

Schweißtriefend, atemlos stand er oben, aber, „juchhe!“ schrie er doch, „juchhe!“, denn vor ihm stand der Feldberg, sein Ziel, seine Sehnsucht.

Ach! und die weite weiße Welt –

Dem Büebli erlahmten die Kräfte; er war so oft mit dem Boden in Berührung gekommen, daß er wie ein lebendig gewordenes Häuflein Schnee durch die weiße Einsamkeit glitt. Er fror entsetzlich, und da er vor Müdigkeit kaum noch seine Schneeschuhe zu regieren vermochte, fing er in seiner Angst laut an zu beten.

Glühend rot versank die Sonne hinter der Feldbergspitze; die Kälte nahm zu, und eine unbeschreibliche Sehnsucht nach Ruhe erfaßte das erschöpfte Kind. Aber drüben auf dem Feldbergerhof stieg der Rauch kerzengerade zum Himmel auf.

Gewiß, dort ging's jetzt hoch her, dort war jetzt alles in froher, freudiger Erregung; in wenigen Stunden brannte der Christbaum.

Vor dem Feldbergerhof hatte ein großes Schneeschuhtreiben stattgefunden; jetzt saßen die Gäste beim späten Mittagsmahl, während die Wirtin, die Arme voll großer und kleiner Päckchen, im Bescherungszimmer aus und ein ging. Sie war eben wieder auf den Gang getreten, da pochte es an der Haustür; Fräulein Fanny öffnete, und eine kleine Gestalt taumelte über die Schwelle.

„Was kommt uns denn da für ein Schneemännle?" rief die Wirtin aus, denn kein Mensch vermochte das Büebli unter seiner weißen Kruste zu erkennen.

Unfähig einen Laut von sich zu geben, stand der Kleine da, die Schneeschuhe fest an sich gepreßt.

„Jetzt laß einmal vor allen Dingen deine Flügel los!" meinte Fräulein Fanny, indem sie nach den Schneeschuhen des Büebli griff.

Da kam Leben in den kleinen Mann: „Schöne Flügel", stieß er unter Tränen hervor, „Luder sind's!"

Ein großes Gelächter erschallte: „'s Büebli – Herrgott, 's Büebli"

Durch das ganze Haus ging's: „'s Büebli ist übers Herzogenhorn komme – ganz allein –"

Und die Meidli machten sich mit Bürsten und Besen über den kleinen Schneemann her. Dann trug man ihn in ein kaltes Zimmer, wo er die halberfrorenen Ohren und Hände tüchtig mit Schnee abgerieben bekam.

Fräulein Fanny löffelte ihm eine warme Suppe ein.

„Was hast auch gedacht, Büebli, den böse Weg so ganz allein -"

„Hab' halt zum Feldberger Christkindle wolle", lallte er, „gelt, Ihr wecket mich, wenn's kommt."

Er hörte nichts mehr; wohlig kam die Ruhe über ihn und die Wärme mit einem Gefühl unaussprechlichen Behagens. Wohl sah er immer noch die weiten, weißen, unabsehbaren Flächen vor sich, aber sie erweckten kein Angstgefühl mehr in ihm, denn er sah noch etwas anderes, den Baum voll glänzender Lichter, nach dem er sich so heiß gesehnt; der wunderbare Weihnachtsbaum leuchtete vor ihm her, vergoldete die ganze Welt und führte ihn dicht vor's Kripplein, in dem das liebe Jesuskind lag; Maria und Joseph waren auch da, und aus dem Stall lugten Ochs und Eselein. Ringsum aber knieten die Hirten und huben die Hände zum Jesuskind auf und beteten mit lauter Stimme. Und unter ihnen der kleine Hirte, der allerkleinste, mit den großen Schneeschuhen im Arm, war das nicht er selbst, 's Büebli, noch weiß vom Schnee mit blaugefrorenen Händen und roten, weitabstehenden Ohren?

Freilich mußte er's sein, denn fragte ihn nicht das Jesuskind, indem es auf seine Schneeschuhe deutete: „Sind das deine Flügel, Büebli?“

„Schöne Flügel“, gab er zur Antwort, „Luder sind’s –“

Da wurde die Tür aufgerissen, und der Bruder stand auf der Schwelle: „Wach’ auf, wach’ auf, Büebli, ’s Christkindle ist da!“

Er fuhr auf und rieb sich die Augen.

Ein heller Lichtstrom flutete in die Stube, und durchs ganze Haus tönte es laut und mächtig:

„O du selige, o du fröhliche,
gnadenbringende Weihnachtszeit.“

Die Mutter am Christabend

Johann Peter Hebel

Er schloft; er schloft! Do lit er, wie ne Grof!
Du lieben Engel, was i bitt,
Bi Lib und Lebe, verwachmer nit,
Gott git's de Sinen im Schlof!

Verwachmer nit, verwachmer nit!
Di Muetter goht mit stillem Tritt,
Sie goht mit zartem Muettersinn,
Und holt e Baum im Chämmerli d'inn.

Was henki der denn dra?
Ne schöne Lebchuechema,
Ne Gitzeli (Zicklein), ne Mummeli (Kühlein)
Und Blüemli wiiß und rot und gel,
alles vo süeßem Zuckermehl.

's isch gnueg, du Muetterherz!
Viel Süeß macht numme Schmerz.
Gib's sparsem, wie der liebi Gott,
Nit all' Tag helset (schenkt) er Zuckerbrot.

Jez Rümmechrüsliger (Winteräpfelart) her,
Die allerschönste, woni ha,
's isch nummen au kei Möseli (Fleckchen) dra.
Wer het sie schöner, wer?

's isch wohr, es isch e Pracht,
Was so en Öpfel lacht;
Und isch der Zuckerbeck e Ma,
Se mach er so ein, wenn er cha!
Der lieb Gott het en gmacht.

Was hani echt no meh?
Ne Fazenetli (Schnupftüchlein) wiiß und rot,
Un das eis vo de schöne.
O Chind, vor bittre Träne
Biwahr di Gott, biwahr di Gott!

Und was isch meh do inn?
Ne Büechli, Chind, 's isch au no di.
I leg der schöni Helgeli (Heiligenbild) dri,
Und schöni Gibetli sin selber drinn.

Jez chönnti, traui, goh;
Es fehlt nüt meh zum Guete –
Potz tausig, no ne Ruete!
Do isch sie scho, do isch sie scho!

's cha si, sie freut di nit,
's cha si, sie haut der's Füdeli (Hinterteil) wund;
Doch witt nit anderst, sen isch's der gsund;
's mueß nit si, wenn d' nit witt.

Und willsch's nit anderst ha,
In Gottis Name seig es drum!
Doch Muetterlieb isch zart und frumm,
Sie windet roti Bendeli dri,
und macht e Letschli (Schleifchen) dra.

Jez wär er usstaffiert,
Und wie ne Maibaum ziert,
Und wenn bis früeih der Tag verwacht,
Het's Wiehnechtchindli alles gmacht.

De nimmsch's und danksch mer's nit;
Drum weisch nit, wer der's git.
Doch macht's der numme ne frohe Muet,
Und schmeckt's der numme, sen isch's scho guet.

Bim Bluest, der Wächter rüeft
Scho Ölfi! Wie doch d'Zit verrinnt,
Und wie me si vertieft,
Wenn's Herz an näumis Nahrig findt!

Jez, bhüetdi Gott der Her!
En anderi Cheri (ein ander Mal) mehr!
Der heilig Christ isch hinecht (in dieser Nacht) cho,
Het Chindes Fleisch und Bluet ag'no;
Wärsch au so brav wie er!

Die kleine Tanne im Winterwald

Max Rieple

Weihnachten stand vor der Türe. Ungezählte freuten sich schon seit langem auf dieses Fest; nur der Häuslerbauer, der in einer windschiefen Hütte am Dorfrand wohnte, wurde traurig, dachte er daran, daß er seinen vier Kindern, die doch so früh die Mutter verloren hatten, diesmal nichts zu schenken hätte. Mißmutig schaute er in das Schneetreiben hinaus. Leichtgeflügelt trieben die Flocken an das Fenster, blieben für ein paar Augenblicke am Glase hängen, begannen zu schmelzen und rannen schließlich wie Tränen über die Scheiben. Tränen, dachte der Häuslerbauer, die würde es sicherlich am Heiligen Abend auch in seinem ärmlichen Heim geben, wenn der Gabentisch für seine Kinder leer bliebe.

Nein, er wollte den Kleinen, die schon seit Tagen jeden Abend so innig zum Christkind gebetet hatten, draußen im Walde wenigstens einen Weihnachtsbaum holen. Daran sollten die Silbernüsse hängen, die er vom letzten Jahr her noch aufbewahrt hatte. Auch ein paar Kerzenstumpen waren vom vergangenen Fest noch übrig geblieben. Sie würden genügen, in die ärmliche Stube ein wenig Weihnachtsglanz zu bringen.

Als das Schneien nachgelassen hatte, holte der Häuslerbauer seinen verflickten Rock vom Nagel, schulterte seine Säge und stapfte hinaus in den frisch gefallenen Schnee. Das tiefverschneite Dorf schien wie ausgestorben, nur da und dort stieg blauer Rauch aus den hingeduckten Häusern und verriet, daß da Menschen wohnten, die bereits wohl gerade dabei waren, für die Feiertage den Festtagskuchen zu backen. Der Häuslerbauer hatte nicht weit zum Wald. Dort standen die hohen schlanken Tannen, angetan mit ihrem weihnachtlichen Festgewand, kerzengerade wie die Silberpfeifen einer Riesenorgel. Die kleinen Tannenkinder aber kuschelten sich in den Schatten der Großen und freuten sich darüber, daß der Frost auch sie mit kleinen, glitzernden Eiszapfen bedacht hatte. Wie erschraken sie aber, als sie auf einmal einen Mann mit drohend geschulterter Säge durch den Wald stapfen sahen, und es schien fast, als wollten sie sich vor lauter Angst die Schneekapuzen noch tiefer über die Ohren ziehen.

Den Häuslerbauern kümmerte das wenig. Prüfend blickte er in die Runde. Mit sicherem Blick erkannte er selbst unter der Schneevermummung, daß dieses Bäumchen ein wenig schief gewachsen, jenem ein paar Äste fehlten, daß dieses zu mager und ein anderes wieder zu plump geraten war.

Endlich fand der Bauer, mitten in einer Lichtung, ein Tännlein, wie er sich's gewünscht hatte, nicht zu groß und nicht zu klein. Hastig schaufelte er mit den bloßen Händen den Schnee von den untersten Ästen. Ja, dieser Baum war wirklich ganz ebenmäßig gewachsen. Schon wollte der Mann die Säge ansetzen, da hörte er den Baum also sprechen:

„Einst war ich ein kleiner, geflügelter Same, der aus einem braunen Tannenzapfen herniederwehte. Ich flog, von Sonnenstrahlen umspielt, wie ein Mückchen durch das dichte Geäst und fiel dann kopfüber in das weiche grüne Moosbett. Dort gefiel es mir so gut, daß ich keimte und bald staunten die kleinen Pilze ringsrum, daß ich ihnen mehr und mehr über die zinnoberroten Köpfe wuchs. Oh, wie war ich stolz, als mich der erste Fink besuchte und sich auf einem meiner Ästchen schaukelte. Also war ich den Kinderschuhen entwachsen. Auch der Wind kam zu mir, streichelte mich und meinte wohlwollend, ich solle nur so weiterwachsen, dann würde ich dereinst ein richtiger Baum, mit dem er nach Herzenslust seine Kräfte messen könne. Einmal kam auch ein kleiner Hase; dem mußte ich so gut gefallen haben, daß er mich kurzerhand anknabberte. Dort unten am tiefsten Zweig kannst du noch die kleine Narbe sehen. Und jetzt freue ich mich schon darauf, bis ich einmal groß und stark sein werde und viele Vögel in meinem Gezweig nisten. Wie schön müßte es aber erst sein, wenn man von meinem Holz einmal ein großes, starkes Haus bauen würde und ich dann den Menschen nahe sein und ihnen Schutz geben dürfte!" –

Als der Häuslerbauer die kleine Tanne so sprechen hörte, wurde ihm auf einmal weh ums Herz. Und während er die Säge ansetzte, sprach er zu dem Bäumchen: „Wenn auch nicht alles, was du dir erträumst, sich erfüllen wird, so doch dies, daß du den Menschen nun ganz nahe sein sollst. Wie du einst dem kleinen Hasen helfen wolltest, wirst du nun sicher meinen armen Kindern eine Weihnachtsfreude machen und zu ihnen kommen wollen."

Und schon hatte der Bauer das Tännlein von der Wurzel getrennt und trug es nach Hause. Während er sich einen Weg durch den Schnee bahnte, schien es ihm, als habe er ein nicht mehr gutzumachendes Unrecht begangen. Wieviel Schmerz hatte er dem kleinen Baum zugefügt, und wieviele seiner Hoffnungen zerstört.

Endlich stand das Bäumchen in der niederen Stube. Während draußen in der Winternacht die Weihnachtsglocken erklangen, stürmten die Kinder ins Zimmer und jubelten auf, als sie den Christbaum sahen. Patschhände griffen nach den Silbernüssen und selige Kinderaugen starrten in den Kerzenglanz. – Als der

Kinderjubel verklungen war und die Kleinen endlich schliefen, stand der Bauer lange noch sinnend vor dem Christbaum. Blaues Mondlicht drang geheimnisvoll durch die vereisten Fensterscheiben und spiegelte sich auf den Silbernüssen. Auf einmal war es dem Mann, als höre er den Baum wiederum sprechen: „Du darfst meinetwegen nicht traurig sein, Bauer. Ich hatte zwar von vielem geträumt, was nicht in Erfüllung gegangen ist. Aber habe ich nicht dafür etwas viel Schöneres eingetauscht? Ich habe strahlende Kinderaugen sehen dürfen, und mehr noch, ich durfte dem Christkind zu Ehren in hellem Lichterglanz erstrahlen. Wie leicht hätte es sein können, daß man aus meinem Gebälk dereinst nicht ein schützendes Dach gebaut, sondern mein Holz so mißbraucht hätte, wie man es mit jenem Baum tat, aus dem man einstmals das Kreuz für den Erlöser formte. So will ich dankbar dafür sein, daß ich für eine Stunde strahlen und deinen Kindern Weihnachtsfreude bringen durfte. Laß auch in dein Herz diesen Glanz dringen, dann wird dir alles leichter werden. Keiner, der für Kinder gelebt hat, hat umsonst gelebt."

Christfest

Ludwig Finkh

Es war alles verzaubert diesmal, schon von früh an. Der Nikolaus hatte die Schuhe gefüllt, die Hanne und Haile vor die Tür gestellt hatten; aber als ich es selber versuchen wollte, stak nur eine Büchse Thunfisch im linken Schuh. – Dann war Kälte eingefallen, es wurde bitterkalt, und der See wollte gefrieren. Wir holten unsere Schlittschuhe vom Speicher herunter und ölten sie ein. Nun fiel noch Schnee, und Konrad zog am ersten Tag auf den Schienerberg mit Schneeschuhen, um die Gelenke zu schmieren.

Dann hatte es, am Abend vor Weihnachten, ans Fenster geklopft, als wir alle in der Stube saßen und ich vorlas; es war aus Rulaman, einer vorzeitlichen Geschichte von der Alb, von den Aimats und Kalats, vom Gwiber und der alten Parre und vom Burria, dem Höhlenlöwen. Jetzt, da es klopfte, erschraken wir fast, denn wir standen an einer unheimlichen Stelle, und es geisterte so schon um uns. Aber als ich ans Fenster trat, stand da draußen im Garten, mitten im Schnee, unser Tannenbaum voll brennender Lichter. Es war eine hochgewachsene Fichte, die ich vor zwanzig Jahren gepflanzt hatte, und die in dem wüchsigen Boden zu einer mächtigen Höhe angestiegen war. Nun war sie mit dickem Schnee bedeckt und trug auf allen Zweigen leuchtende Kerzen. Unter ihr aber saß, in ein blaues Tuch gehüllt, Maria, bäuerlich angetan, holdselig, lebendig und über das Kind in ihrem Schoße geneigt. An einen grauen Esel, der im Schnee schnupperte, lehnte sich im braunen Mantel Joseph, bärtig, mit breitrandigem Hut und einen Stock in der Hand. Es mußte recht kalt sein, der Hauch dampfte in der Luft. Und nun läutete es an meinem Gartentor. Ich ging hinaus in den knirschenden Schnee, an der Tanne vorbei, und öffnete. Zuerst hörte ich nur Schnauben und Stampfen von Pferden; dann sah ich, wie Männer abstiegen, mir war wie im Traum, denn ich kannte sie, und ich öffnete weit die Tür und ließ sie an mir vorbei. Still, wortlos schritten sie an mir vorbei und auf die Tanne zu. Kupferne und goldene Gefäße trugen sie. Maria blickte bescheiden auf sie, und Joseph legte die Hand aufs Herz. Und schon traten hinter ihnen drei Gestalten herein, auch sie mir seltsam nahe und bekannt. Fahrende auf der Wanderschaft, wie sie mehrmals im Jahr durch unsere Dörfer ziehen, ein Mann mit einer Oboe, ein Geiger und eine Frau mit einer Harfe. Sie stellten sich zur Seite und fingen an zu musizieren. Das klang so zauberisch durch die Winternacht, und wir alle lauschten nur. Die Schalmei und die Geige sangen ineinander, und die Harfe tönte wie mit silbernen Glocken. Draußen scharrten die Pferde.

Ich frage mich heute noch, ob wir bloß geträumt haben, alle denselben Traum. Warum hatte unser Hund nicht gebellt, als es klopfte? Der Geiger und der Bläser hatten die Gesichter von Freunden gehabt, und der Schnee unter dem Baum war am anderen Morgen zertreten.

Wir sprachen den ganzen Tag davon. Und wie nun am Abend selber das Christkind blies und die Tür aufging und wir vor unseren Christbaum traten, der in unserer Bauernstube vom Boden bis zur Decke reichte, da saß unter ihm, in Moos gebettet, vor ihrer Hütte Maria im blauen Tuch, einen Daumen lang, aus Holz geschnitzt, so wie sie nachts zuvor leibhaftig groß im Garten gesessen hatte, und Joseph stand neben ihr am Eselchen, die drei Könige beugten sich vor ihr, und die drei Musikanten bliesen, geigten, harften. Über sie hin aber ging der Freudenruf der Kinder.

In dieser Nacht gefror der See zu; man hörte das Eis zuweilen bersten mit dumpfem Klang, der wie eine tiefe Glocke hallte und über die gläserne Fläche rollte. Ich schlief wenig und lauschte hinaus und stand um fünf Uhr früh auf. Ich holte die Geige und verließ das Haus; noch strahlten die klaren Sterne. Auf der Landstraße vor dem Dorf traf ich noch andere, in Mäntel und Pelze vermummt, und so liefen wir schweigend ins Nachbardorf, nach Horn; es war zu kalt zum Reden. Wir hatten, die Hörimusik, versprochen, am Christfestmorgen in der Kirche das Ave-Maria zu spielen, und auch dieser Gang war wie ein Wunder, unter den flimmernden Sternen, an dem schneebedeckten, alten Kirschbaum vorbei, der zu anderen Zeiten anderen Schnee trug.

Dann, in der Kirche, hub die Orgel an im lichterfüllten Raum, mir fiel die Oboe unter der Tanne ein, die Harfnerin und der Mann mit der Geige, und nun quoll die Musik hinunter zu der lauschenden Gemeinde.

Die Herberge

Hans Bender

Rechts vom Pult, zwei und zwei hintereinander, saßen die Buben, links die Mädchen der ersten Klasse. Ich saß in der letzten Bank neben Edwin, den ich beneidete, weil er eine Federbüchse aus Amerika hatte.

Der Ofen glühte. Die Schritte und Räder vor den Fenstern dämpfte frisch gefallener Schnee. Es war vor Weihnachten. Lehrer Kuhn erzählte die Geschichte der Herbergssuche in Bethlehem. In der Bibel stand nur ein Satz darüber, aber was machte Lehrer Kuhn daraus!

Er setzte sich mit gekreuzten Beinen auf das Pult, nahm die Pfeife aus den Zähnen und begann: Ja, damals kamen Maria und Josef auch durch unser Dorf. Es war schon dunkel, als sie die Straße von Eichtersheim herzogen. Maria saß auf einem Esel, Josef ging voraus und suchte mit Stock und Laterne den Weg. Maria sagte: „Ich habe Hunger und bin sehr müde." Josef sagte: „In der ersten Gastwirtschaft werden wir übernachten."

Vor dem Gasthaus „Zum Adler" band Josef den Esel ans Treppengeländer, klopfte die Stiefel an der untersten Stufe ab und ging hinein. Babette – ihr kennt sie alle! – stand hinter der Theke und schwenkte die Gläser. Josef fragte: „Haben Sie ein Zimmer für zwei Personen? Nicht zu teuer?" Babette war an diesem Tag mit dem linken Fuß aufgestanden. Sie sagte kurz: „Wir haben eins, aber das ist schon belegt. Leider."

Josef nahm den Esel am Halfter und zog ein paar Häuser weiter vor das Gasthaus „Zum Lamm". Erschrocken blieb er unter der Türe stehen, denn an den Tischen saßen vornehme Herren mit weißen Kragen und weißen Manschetten. Das waren die Geometer, die das neue Bachbett vermessen sollten. Der Lammwirt sah Josef unter der Türe stehen und ging rasch zu ihm hin, weil er nicht wünschte, daß die Herren gestört würden.

„Nein, mein Lieber, es geht nicht. Bei mir nicht. Aber frag doch in der ‚Sonne' nach, die haben ein Extrazimmer für Handwerksburschen! Vielleicht kannst du da –." Das mit dem Extrazimmer sagte er so laut, daß es die Geometer hören konnten.

Der Sonnenwirt und die Sonnenwirtin waren freundlich zu Josef. Sie sagten beide fast gleichzeitig. „Aber beim besten Willen, es geht nicht! – Das Handwerksburschenzimmer ist schon voll. Dann ist unser Ältester in Ferien da, er studiert in Freiburg Theologie, sonst hätten wir gern sein Zimmer zur Verfügung gestellt."

„Danke", sagte Josef. „Gute Nacht, gute Reise!" sagten der Sonnenwirt und die Sonnenwirtin.

Auch im nächsten Gasthaus, in der „Reichspost", hatten Maria und Josef kein Glück. Die Lichter waren schon gelöscht, und als Josef mit dem Knotenstock gegen das Tor schlug, fuhr der Kopf des Wirtes oben aus dem Fenster. „Was ist los? Ist das eine Manier?"

„Haben Sie ein Zimmer für meine Frau und mich? Meine Frau ist krank!" rief Josef hinauf. „Schert euch fort!" schrie der Wirt. „Ich vermiete meine Zimmer nicht an Vagabunden!" Klirrend schlug das Fenster zu.

Josef war traurig. Maria nahm den Schal über den Kopf und sagte: „Vielleicht gibt es noch ein Gasthaus im Dorf."

Lehrer Kuhn sah zu mir. Alle Buben und Mädchen drehten die Gesichter zu mir. Sie wußten nämlich, das letzte Gasthaus, bevor das Dorf zu Ende war, war der Gasthof meiner Eltern, der „Badische Hof".

Mir schoß das Blut in die Stirne, und ich wußte nicht, wohin ich blicken sollte. „Na, Hansel", fragte Lehrer Kuhn, „was hättest du gemacht, wenn Josef bei euch um eine Herberge gebeten hätte?"

Ich stand auf und stotterte hervor: „O, Herr Lehrer . . . ich . . . ich, ich hätte sie bestimmt aufgenommen."

Die Wirkung der Erzählung war tief. Wir schworen den unfreundlichen Gastwirten, die Maria und Josef abgewiesen hatten, Rache. Die Fensterscheiben wollten wir einwerfen, dem Lammwirt, wenn er am Sonntag zum Hochamt ging, einen Knallfrosch am Rockschoß entzünden.

Zwei, drei Jahre waren seitdem vergangen. Heiligabend war zu feiern. Wir, meine Geschwister und ich, warteten in der Gaststube auf die Bescherung. Erst mußten die Gäste gehen, die lästigen, die nicht mal den Heiligen Abend zu Hause verbringen wollten. Am Stammtisch saßen sie und bestellten noch einen Wein, noch ein Bier, noch einen Schnaps.

Endlich wurde auch mein Vater ungeduldig und sagte: „Schluß! Feierabend! Geht jetzt. Wenigstens an diesem Abend wollen wir unter uns sein."

Nacheinander zahlten sie und gingen.

Hinter dem letzten Gast wollte mein Vater den Riegel vorschieben, als auf der Straße ein Auto anhielt. Ein Mann und eine Frau kamen die Staffel herauf und redeten auf meinen Vater ein.

Eigentlich wollten sie noch bis Heilbronn fahren, sagte der Mann. Aber die Straße sei spiegelglatt, und seiner Frau gehe es nicht gut. Hoffentlich habe sie kein Fieber . . .

„Es ist Heiligabend", sagte mein Vater. „Die Kinder warten auf die Bescherung."

Vielleicht wären sie doch noch weitergefahren, aber mein Vater ließ sie eintreten und sagte: „Gut, es wird sich machen lassen. Heute sind alle Zimmer frei."

Ich, der alles mitangehört hatte, war wütend. Neue Gäste machten Arbeit. Wahrscheinlich wollten sie auch noch essen. Das Zimmer mußte geheizt werden. Und wieder waren wir nicht allein.

Ich ging weg, hinauf in den zweiten Stock, in mein Zimmer. Ich drehte innen den Schlüssel um, warf mich aufs Bett und heulte leis und laut ins Kopfkissen, und noch lauter, als meine Mutter an die Zimmertür klopfte und sagte, ich solle aufschließen und herunterkommen zur Bescherung. Ich gab keine Antwort.

Später hörte ich die Schritte meines Vaters draußen im Flur kommen. Als er an die Tür klopfte, stand ich rasch auf. Vor meinem Vater hatte ich Angst.

Er jedoch war ruhig, und seine Stimme klang sanfter als sonst. Er legte mir die Hand auf den Kopf, der noch vom Schluchzen gestoßen wurde, und fragte: „Du kennst doch die Geschichte von Bethlehem? Von Josef und Maria, als sie nach einer Herberge suchten und alle Gastwirte sie abwiesen?"

O ja, ich kannte die Geschichte und schämte mich, jetzt daran erinnert zu werden.

Als ich in die Gaststube kam, saß mein Bruder Hugo am Klavier und spielte „Stille Nacht, Heilige Nacht". Die Kerzen am Baum brannten schon, und die Tannenzweige dufteten, wie immer.

Die Fremden saßen an einem der Tische vor den Fenstern. Sie legten die Messer und Gabeln neben die Teller, sahen zu uns herüber und sangen mit.

Ein schöner Weihnachtsabend wurde es noch. Ich bekam einen Anker-Steinbaukasten, zum dritten und letzten Mal, den „Robinson Crusoe", einen ärmellosen Sweater und eine Pelzmütze mit Ohrenklappen. Wertvoller war jedoch die Erkenntnis, die mir gleichfalls damals geschenkt wurde: Wie schwer es ist, das Gute, von dem man gehört hat, auch zu tun.

Dezembernacht

Marie Luise Kaschnitz

Feldhüter haben in einem Geräteschuppen
(Steckrübenacker, Pflaumenbäume, Flußwind)
Eine Geburt aufgespürt, hier unzulässig.
Flüchtlinge gehören ins Lager und registriert.
Der Schafhirt kam dazu, ein junger Mann
Der ging mit einem Stecken übers Mondfeld.
Sein Hund mit Namen Wasser sprang an der Hütte hoch
Ein Alter drinnen gab Auskunft, er sei nicht der Vater.
Die Feldhüter verlangten Papiere. Das Neugeborene schrie.
Die Schafe versperrten die Straße. Drei Automobile
Ein Mercedes, ein Bentley, eine Isetta hielten an,
Drei Herren stiegen aus, drei Frauen schöner als Engel
Fragten, wo sind wir, spielten mit den Lämmern.
Spenden sie etwas, sagten die Feldhüter. Da gaben sie ihnen
Ein Parfüm von Dior, einen Pelz,
Einen Scheck auf die Bank von England
Sie blieben stehen und sahen zu den Sternen auf
Glänzte nicht einer besonders? Ein Rauhreif fiel
Die kleine Stimme schluchzte noch und schwieg.
Ein Mercedes, ein Bentley, eine Isetta rührten sich
Und summten wie Libellen. Der Hirte schrie
Fort mit euch Schafen, fort mit euch Lämmern.
Ist das Kind gestorben? Das Kind stirbt nie.

Christabend im Dorfpfarrhaus

Karl Hesselbacher

Ich war ein Bursch von fünfzehn Jahren und saß auf den Bänken der Untersekunda des Gymnasium illustre zu Mannheim.

Zu Weihnachten durfte ich heimfahren. Ah, wie war die Welt so schön, trotz des schwarzgrauen Nebels, der über den Hügeln und Tälern des Kraichgaus lag! So schön ist seither die Welt nie mehr gewesen. Ich hatte aber auch ein Zeugnis in der Tasche – ein Zeugnis! Des Vaters lachendes Gesicht sah ich schon im voraus, wenn er das Zeugnis in die Hand bekam. Erst ein Vierteljahr in dem großen Gymnasium und schon Primus – das leistete nicht jedermann! Hei, die Welt blühte wie tausend Rosen durch die kalte Regenluft, die mich umhüllte und mein dünnes Mäntelchen durchbiß mit scharfen Mäusezähnen.

Das Mäntelchen war dünn. Eigentlich war ich schon daraus herausgewachsen, und die Mannheimer Tante hatte zum Vater bei seinem letzten Besuch gesagt: „Horch, Wilhelm! Dein Karl trägt einen Mantel – ich wundere mich, daß er ihn noch trägt. Der arme Kerl ist ja ein Eulenspiegel für die ganze Klasse . . .“ Ich hatte es durch die verschlossene Tür gehört, hinter der die Tante mit dem Vater über seinen „Einzigen“ verhandelte. Und ich hatte auch den Seufzer des Vaters gehört und die lange Stille hinter dem Seufzer, und ich konnte mir das Gesicht wohl denken, das der Vater hatte. Er war wie des Matthias Claudius Vater: – – „so gut und mochte gern geben.“ Aber wo nichts ist, hat der Kaiser das Recht verloren, und nicht umsonst war der Vater ein Jahr lang schwer leidend gewesen und kroch jetzt so ganz langsam am Leiterchen der Genesung empor, Sprößlein um Sprößlein. Die Pfarrhäuser hatten nie allzusehr gelitten unter den Schätzen, die Motten und Rost fressen. Und unseres erst recht nicht. Unseres, in dem fünf heranwachsende Kinder versorgt sein wollten, während der Vater erst Wochen und abermals Wochen lang im Bett gelegen war und die Mutter heimlich abends an das Bett ihres Ältesten und Einzigen geschlichen kam und erst lange still weinte und dann niederkniete und aus ihrem bedrängten Herzen zu dem Vater rief, der „der rechte Vater ist über alles, was Kinder heißt . . .“, und ein kaum fünfzehnjähriger Bub war der einzige in der ganzen Welt, der diesen großen Schmerz mittragen helfen sollte. Fielen ihm nicht manchmal die Augen zu, wie einst den Jüngern im Ölgarten, während vor seinem Bett ein armes Frauenherz um Trost bangte? Kein Wunder, daß es nicht „langte" zum Mäntelchen, das dem Frost Widerstand leisten konnte.

Ach, ich spürte den Frost nicht! Ich lief „wie ein Salzjude" – so sagte man im Dorf, das da drüben am Hügel lag und seinen massigen Kirchturm durch den brauenden Nebel hindurchstach – recht im Trotz gegen den Tückebold, der die liebe Sonne nicht mehr durchkommen lassen wollte! Ich lief – und das Herz tickte dazu wie eine Uhr: „Jetzt – geht's – heim! Jetzt geht's – heim!" Und da war das Pfarrhaus mitten in seinem regenüberrieselten Garten, und die Rosen waren in den Grund gelegt und machten Katzenbückel unter ihrer Erde und den Tannenzweigen, und das Rebspalier hing voller Nebeltröpfchen, die waren eine einzige Silberkette und lachten mich an. Freilich, als ich vierzehn Tage darauf wieder fort mußte, schalt ich, daß die Reben noch ärger weinten als ich! Da waren die Silberperlen lauter Wehmutszähren geworden.

Und jetzt bimmelte die Glocke an der Tür. Und die Christine kam. „Guck, der Karl! Bist du aber groß geworden!" Und ich war doch erst ein Vierteljahr von daheim fort. Und die Christine sagte noch „du" zu mir! Welch ein Affront! Aber die Tür sprang auf, und die kleinste Schwester wackelte heraus und piepste mir entgegen: „Tust du mich wieder auf den Ofen setzen?" Und dann die Mutter lachend und selig. Und der Vater – wie konnte der Ernste und Mächtige so kinderfroh sein! War ein Wunder geschehen? Und dahinter die anderen – das war wie ein „Hosianna", habe ich tags darauf meinem Kameraden, dem Schreinerlehrling, mit dem ich an Ostern konfirmiert worden war, gesagt.

Und das Zeugnis tat natürlich seine Schuldigkeit – und der Vater sagte nichts als: „Guck, der Karl . . ." Akkurat, wie die Christine an der Haustür. Und die Mutter – die zarte und zurückhaltende, die immer im „Eckchen stand" – schlang ihre Arme um mich und küßte mich noch einmal extra. Und ich machte ein verwundertes Gesicht, als sie ganz leise sagte: „Endlich – ein Sonnenscheinchen!" O Mutter . . ., heute weiß ich mehr als damals. Die Sorge um die kommenden Tage lag noch herb auf ihr, und dies Zeugnis, dies Fetzchen Papier, dünkte sie wie ein erstes Aufzucken eines Sonnenfünkchens nach langer Nacht.

Dann schaute ich im Wohnzimmer herum. Da war das alte Tafelklavier, auf dem ich die Sonatinen des Clementi wacker heruntergetrommelt hatte, bis sein zirpendes Stimmchen noch heiserer geworden war als zuvor. Heute war's zu. Sonst war's immer vor dem Essen aufgeschlagen. Denn der Vater konnte nicht anders: er mußte allemal erst einen Choral mit seiner ehrlichen Baßstimme singen, wenn er vom Schulunterricht heimkam. Heute war's zu. Und auf seinem herrlichen, braunen, breiten Rücken stand ein Weihnachtsbaum.

„Wie kommt der Weihnachtsbaum hierher?" zuckte mir's durchs Herz. Sonst war doch der Christbaum sorglich im „schönen Zimmer" verborgen gewesen, und der Augenblick, in dem die Klingel schrillte und die Tür aufsprang am Christabend, war der Einzug der Seligen ins wiedergewonnene Paradies. Galt das nicht mehr? Und der Christbaum war so klein? Langte es nicht mehr zu einem Baum, der vom Stubenboden bis an die Decke reichte? Der Gemeindeförster hatte doch allemal den schönsten Baum aus dem Wald ins Pfarrhaus tragen müssen.

Ich wurde mucksmäuschenstill. Mir legte sich's wie eine Zentnerlast aufs Herz: „So arm sind wir geworden . . ." Ein Glück war's, daß niemand von den Meinigen etwas merkte von meinem Verstummen. Die Schwestern plauderten von tausend Wichtigkeiten, und die Kleine trug ihren „Frieder" her, daß ich ihn liebkosen sollte. Das war ein alter Holzschemel, um den sie ein altes, verschossenes Umschlagetuch der Mutter gebunden hatte und den sie liebte, wie die allerschönste Puppe. Und die Zweitjüngste brachte das Märchenbuch der Gebrüder Grimm mit den schönen grellbunten Bildern, das ganz zerlesen war und in hundert Fetzen hing: „Komm, Karl, erzähl!" Das war ja meine tägliche Pflicht und Fron, zu erzählen, bis ich nichts mehr wußte. Und die Größte sagte: „Du mußt nicht meinen, daß du der einzige bist, der was kann! Ich habe im Französischen Eins bekommen, und das Fräulein Wolfinger hat gesagt, wenn ich nicht mehr soviel schwätze in der Stunde, werde ich das nächste Mal auch die Erste!"

Ich horchte auf das alles nur mit halbem Ohr und guckte immer nach dem Christbaum. Ach, so klein war der! Und es hingen gar nicht wie früher so schöne große blaue und rote und goldene Glasglocken dran. Sondern lauter „Gutsele": Springerle und Zimtsterne und Buttergebackenes und Belgrader Brötchen, die unsere Christine immer die „Rattenbrötchen" zu nennen pflegte, und Basler Leckerli, die niemand so gut backen konnte wie die Mutter. Sie hatte sich freilich einmal den ganzen Arm verbrannt, als sie den brennenden „Kirsch" über die Masse gegossen hatte! Wo waren denn unsere schönen, uralten Weihnachts-„Schaumkonfekte", der Reiter auf seinem Roß und der kleine Trommler und die Wachsengel mit ihrem seidengoldenen Haar und die Sterne, die unsere Kinderschwester künstlich aus Goldpapier gelegt hatte?

Schließlich hielt ich's nicht mehr aus.

„Mama, haben wir keine Glaskugeln mehr für unseren Christbaum? Sind sie alle zerbrochen?"

Sie schaute mich etwas verdutzt an. Sie verstand meine Frage nicht. Als sie aber die Richtung meiner Blicke wahrnahm, lachte sie hellauf.

„Seit wann stellt das Christkind seinen Baum vor die Nase der Kinder, ehe es kommt? Nein, Büblein! Das ist nicht unser Baum. Aus dem wird was ganz anderes, als du meinst! Aber es ist wahr: Kugeln sind noch keine dran. Die sollen erst dran kommen. Die Schwestern haben seit September Strümpfe gestrickt" – ich machte große Augen! Denn ich wußte, welch ein Stöhnen es allemal gab, wenn die Mutter das „Strickets" aus dem tiefen Wollkorb herausholte. War auch da ein Wunder geschehen? – „und für jeden Strumpf haben sie von mir fünfzig Pfennige bekommen. Und heute haben sie Glaskugeln dafür kaufen dürfen. Die hängen sie selber an den Baum. Und wenn du von deinem Taschengeld noch etwas übrig hast, darfst du auch etwas zum Zierat für den Baum kaufen!" Freilich hatte ich etwas übrig. Der Großvater in Neckarau hatte das Zeugnis zuerst gelesen, und er hatte seinen Sekretär aufgeschlossen und ein blankes Fünfmarkstück herausgeholt. Das lag protzig und breit in meinem Beutel, und ich hatte mich besonnen, ob ich dem Vater ein Pfund Varinas für die Pfeife kaufen sollte und der Mutter den extragroßen Herzlebkuchen, den der Bäcker Herbold backte und auf dem Adam und Eva unter dem Baum abgebildet waren, und den Schwestern ein Puppenkleid und der ganz Kleinen das Zuckerpüppchen, dem sie gleich den Kopf abbiß, um dann bitterlich über ihre Mordtat zu weinen. Am Nachmittag sollte all diese Herrlichkeit und Heimlichkeit vollbracht werden. Nun zog ich den silbernen Schatz aus der Tasche und gab ihn der Mutter. „Aber nicht alles für Kugeln, gelt?" bat ich. Ich glaube, es kam so etwas wie ein Tränlein in meine Augen. Denn ich hatte damals sehr nahe ans Wasser gebaut. Die Gute verstand mich und strich mir zärtlich über die Haare: „Gelt, das hast du vom Großpapa bekommen? Und ich weiß, was du damit hast anfangen wollen. Wir gehen heute nachmittag miteinander zum Krämer. Da sollst du heraussuchen, was dein Herz begehrt! Und zu ein paar Kugeln langt's auch noch!"

Aber ich wußte immer noch nicht, was für ein Geheimnis um den Christbaum auf dem Klavier webte. Die Mutter verriet nichts.

„Wir wollen sehen, hat der Blinde gesagt, was der Lahme tut, dann hat er erst recht nichts gesehen!" scherzte sie.

Und am Nachmittag machten wir richtig unsere kleinen Käufe,

und die Mutter half mir; nur als der große Herzelebkuchen dran kam, mußte sie aus dem Lädlein hinausgehen, und der Bäcker Herbold brachte den ersehnten Schatz, den er in ein weißes Papier einschlug. Ach, was konnte man damals alles mit fünf Mark anfangen! Ein unausschöpfliches Kapital – für Leute, die an den kleinen Freudlein die große Freude sich anzünden ließen! –

Es wurde langsam dämmerig. Der Nebel sank so dicht, daß die Welt wie ein einziges großes weißes Tuch aussah, in dessen Hüllen die Menschen huschten wie dünne schwarze Schatten. Und richtig – es huschten allerhand kleine, dünne Schatten den Pfarrhof herauf, und die Glocke an der Haustür bimmelte unaufhörlich. Und die Christine brummte gar nicht einmal darüber, wie sie sonst tat, wenn am Heiligen Abend noch ein später Gast kam: „Nicht einmal das Christkindchen können sie in Ruhe zu einem kommen lassen!" Heute strahlte das ehrliche, rotbackige Gesicht doppelt rotbackig, so oft das Glöcklein tönte. Lauter Kinder aus dem Dorf. Sie hatten ihre Mäntelchen an, und ihre sauber und steif gestrählten Haare lagen in langen, blonden Zöpfen auf ihren Rücken.

„Jetzt die Kränzlein!" rief die Mutter. Und die Christine und die zwei älteren Schwestern brachten Kränze, aus Tannenzweigen und Misteln geflochten, in denen weiße Christrosen aus unserem Pfarrgarten ihre Silbersterne funkeln ließen.

Die Kränzlein lagen auf den Köpfen der Mädchen wie kleine Kronen. Wie stolz waren die kleinen Trägerinnen!

Der Vater kam die Treppe vom Studierzimmer herab. Er hatte seine hohe Pelzmütze auf und sah in dem dicken Mantel und mit seinem breiten, leicht angegrauten Bart aus wie ein wahrhaftiger Pelznickel. Unter dem Arm hatte er ein großes Paket. „Der Karl kann den Baum tragen!" rief er.

Neben dem Vater schritt ich durch das Dorf. Die Gassen waren ganz still. Aus den Häusern fielen schmale Lichtstreifen auf die Gasse. Merkwürdig, – wie still es in diesen Gassen war! Sonst liefen um diese Abendzeit die „Christkindle" herum. Das waren Burschen und Mädchen, die lange, weiße Hemden über ihre Kleider gezogen hatten und Ruten in den Händen hielten. Sie gingen in die Häuser, wo die Kinder mit Zittern ihrer harrten. Die Kleinen mußten Liederverse und Gebetchen sagen, und dann warfen die „Christkindle" aus einem Sack, der über ihren Schultern hing, Nüsse und „Hutzeln" (gedörrte Birnenschnitze) auf den Boden, und wenn die Kinder sich danach bückten, fiel die Rute über sie her, daß sie schrien und sich in die Ecken flüchteten. Manchmal ging eine wahre Hetzjagd durch das ganze Haus! Und in später

Nachtstunde gab es ein verdächtiges Herumstreifen und Verfolgen in den Dorfgassen, und der Heilige Abend ward zu einem recht unheiligen Treiben.

Wo waren heut die „Christkindle"?

Unser kleiner Zug schritt still durch die Straße, die zum „Spritzberg" hinaufführte. Oben, am Dorfausgang, lag ein winziges Haus. Dort wohnte eine Korbmacherfamilie. Ein alter Vater und sein Sohn, der mit Weib und fünf Kindern in den kleinen Räumen sich zusammenpreßte. Die beiden Männer waren wüste Unholde. Wenn der Schnaps die beiden umnebelt hatte, gab es garstigen Streit. Ich hatte einmal den alten Mann vor dem Hause sitzen sehen – die Hände um den Leib gepreßt. Und die Kinder, die vorübergingen, flüsterten mir scheu ins Ohr: „Er ist gestochen!" Ich sehe heute noch das blaurote Gesicht des Unglücklichen und den furchtbaren Ausdruck eines grimmigen Schmerzes. Der alte Mann war im Sommer rasch weggestorben. Und ein paar Wochen später war der Sohn ins Gefängnis gekommen. Er hatte in der Nähe einen Einbruch in dem Hause eines städtischen reichen Herrn verübt. Die Frau war in bitterster Armut. Sie traute sich kaum ins Dorf, aus lauter Scham und Elend. Notdürftig ernährte sie ihre Kinder mit Taglöhnerarbeit in den Nachbardörfern. Jetzt war der Winter gekommen und hatte alle Feldarbeit stillgelegt. Manchmal nahm eine der Bauernfrauen die Kümmerliche zum Waschen – aber das brachte nur ein paar Pfennige. Drum hockte im Häuschen der Korbmacherin das graue Elend am kalten Herd. Freilich – verhungern ließ man sie nicht. Dafür war zu viel Helfergeist in der Nachbarschaft. Und Holz zum Feuern gab es genug im nachbarlichen Wald. Die Frau konnte mit ihren Kindern jede Woche ein stattliches Wägelchen voll Prügel und Reisig heimführen. Aber das graue Elend hockte doch im Haus. Die Frau saß abends wortlos und tränenlos mit ihren Kindern in dunkler Stube. Was sie trug, brach ihre schmalen Schultern entzwei ...

Auch am Weihnachtsabend drang kein einziges müdes Blinzeln eines kleinen Lichtauges aus dem kleinen Fenster. Und still war's im Haus. Man hörte kein Wörtlein – noch weniger ein Lied. Als sei alles tot da drinnen.

Der Vater stellte seinen Mädchenzug vor dem Hause auf. Leise gab er den Ton. Dann fing's mit einemmal an:

„Vom Himmel hoch, da komm ich her,
ich bring euch gute, neue Mär,
der guten Mär bring ich so viel,
davon ich sing'n und sagen will!"

Meine zweite Schwester hatte den Vers gesungen. Sie besaß eine wunderliebliche Stimme. Den zweiten Vers begleitete der dunkle Alt der ältesten Schwester, und beim dritten Vers sangen je drei Stimmen. Bis schließlich der volle Chor in die Winternacht hinausjubelte:

„Des laßt uns alle fröhlich sein
und mit den Hirten geh'n hinein,
zu seh'n, was Gott uns hat beschert,
mit seinem lieben Sohn verehrt!"

Ich stand mit meinem Tannenbaum, der allmählich meine Bubenkraft recht ermattete, in der Mitte der Singenden. Ich spähte nach dem dunkeln Fenster. Mir schien, als ob das graue Vorhänglein sich ein wenig bewege und als ob ein Gesicht schnell an die Scheiben sich drückte. Man hörte in der Straße wispern und flüstern. Jetzt flammte ein Streichholz auf. Der Vater begann die Kerzen des Christbaums anzuzünden. Und die Mädchen legten ihre dicken Mäntel, die sie um ihre schmalen Körperchen gezogen hatten, auf einen kleinen Holzstoß, der vor dem Häuschen aufgebaut war, nieder. Sie hatten alle einfache weiße Kleidchen an und hielten in ihren Händen allerlei kleine Pakete.

Als der Lichterbaum flimmerte, pochte der Vater an die Haustür. „Machen Sie getrost auf, Frau Allgaier!" rief er. „Sind lauter gute Geister draußen!"

Man hörte, wie ein Riegel zurückgeschoben wurde – und dann trat der Vater in die Stube, die unmittelbar neben dem winzigen Hausöhrn (=Hausflur) lag. Er schob mich voran, und ich hob mit meiner letzten Kraft den brennenden Baum in die Höhe. Die Kinder kamen hinterdrein und stellten sich in dem Stübchen, so gut es ging, auf.

Ach, wie sah es in dem Stübchen aus! Ein Tisch, der an die Wand geschoben war. Längs der Wand eine Holzbank, in die Wand eingelassen. Zwei Holzstühle und ein Kinderbett. Das war alles. Nicht einmal ein Schrank oder eine Kommode. Ein Vorhang verbarg die Schlafkammer, die neben der Stube lag. Die Kinder kauerten am Ofen und hielten die dünnen mageren Ärmchen an den eisernen Leib des alten Dings, in dem noch ein paar verglimmende Kohlen lagen. Die Kleinen lagen im Bettchen und schliefen.

Der Vater winkte – und eins der Mädchen trat vor: „Es begab sich zu der Zeit, daß ein Gebot vom Kaiser Augustus ausging ...", und aus dem Kindermund schwebte das Wunder der Heiligen Nacht sternenfunkelnd vom Himmel herab in die arme Hütte. Und dann scholl es: „Stille Nacht, heilige Nacht" aus all den

Kehlen, und „Ihr Kinderlein kommet, o kommet doch all!" Und jetzt wußte ich, was für ein großes Paket der Vater unter dem Arm getragen hatte. Als der Christbaum auf dem Tisch stand, schob der Vater ein wunderschönes Transparent vor die Lichter. Da „lag es, das Kindlein, auf Heu und auf Stroh!" Und die armen Würmchen, die es nicht gewagt hatten, vom Ofen wegzugehen, sprangen auf und stellten sich vor die leuchtende Bilderwand: „Guck, Mutter, das Christkind! Da liegt's! Und die Maria und die Hirten! Mutter – Mutter –." Sie sahen nichts mehr vor lauter Seligkeit.

Mir ging's durchs Herz.

Das Transparent hatte jahrelang unter unserem Christbaum gestanden. Nun – ich hatte es auch gesehen und mich dran gefreut. Aber meine Kinderblicke waren immer an dem Transparent vorbeigehuscht und hatten nach dem Tisch geschielt, unter dessen weißer Decke die Wunderdinge lagen, die mir beschert werden sollten. Und hier – die Ärmsten unter den Armen! Die hatten für nichts mehr Auge als für dies Bild, in dem ihnen zum ersten Male in ihrem Leben etwas aufging von der großen Weihnachtsbescherung, die der „Vater im Himmel mit seinem lieben Sohn der Menschenwelt verehrt". Licht vom unerschöpften Lichte – das strahlte in den Augen der Kinder in ihren dünnen, vielfach geflickten Röcklein und Wämslein. Weg von der Erde waren sie gegangen, weit weg in eine Welt, in der auch ihnen die Engel sangen und die Freude mit heiligen Augen über ihren Pfad ging.

Sie sahen nicht, daß die Mädchen eins ums andere ihr Päcklein unter den Christbaum legten. Und daß in den Päckchen Strümpfe lagen und Röcklein, und daß meine älteste Schwester eine Puppe hervorzog, die konnte „schlafen, wirklich und wahrhaftig", und hatte „echtes Haar". Ich wußte, daß die Puppe am vorjährigen Weihnachtsfest der Hauptstaat bei unserer Bescherung gewesen war und daß die Mutter sie gleich nach Weihnachten weggetan hatte, weil die anderen Puppen „es auch tun" und mit ihren Holzköpfen massiver und widerstandsfähiger waren. Was mochte das die Schwester gekostet haben, ihre „Ida" – sie trug den Namen der geliebten Lehrerin der Töchterschule – hierher zu bringen! Und die zweite Schwester stellte ihren Puppenherd daneben, und die dritte hatte für den Buben der Korbmachersleute eine Schachtel Bleisoldaten – Husaren! Wie hatte ich einst danach „b'langt" und sie doch nicht gekriegt –, was stand und lag da schließlich alles auf dem Tisch! Und die Emilie vom Bäcker Herbold hatte einen großen Kuchen von Weißmehl mitgebracht und einen Herzlebkuchen, beinahe so groß wie der, auf dem Adam und Eva standen. Und auf dem Tannenbaum hingen die vielen „Gutsele". Aber die Kinder standen vor dem Transparent und hatten die Hände gefaltet und schwiegen, und ihre Augen strahlten. Bis die Lichtlein am Baum langsam herunterbrannten . . .

Dann ließen sie sich von den Mädchen ihre Gaben weisen und wußten nicht, wie ihnen geschah.

Die Korbmachersfrau war daneben gestanden. Auch sie schwieg. In ihrem Gesicht zuckte es. Endlich kam es heraus: „Kinder – Kinder –, jetzt ist das Christkind zu uns gekommen! Das Christkind – zu uns!" Und dann nahm sie eins ums andere von ihren Kindern in die Arme und küßte sie, und die Tränen liefen ihr aus den Augen. Kleine Silberperlen, die auf die Haare der Kleinen niedertroffen . . .

Der Vater winkte, und wir gingen hinaus.

Die Frau aber hatte sich über das Kinderbettchen gebeugt, aus dem zwei schlaftrunkene Gesichter herausblinzten.

Wir gingen rasch ein paar Schritte die jähe Straße abwärts. Dann stellten wir uns noch einmal auf, und ins Dorf hinab klang es:

„Herbei, o ihr Gläubigen . . ."

und süß und zwitschernd sang die Einzelstimme: „O lasset uns anbeten" – und dann kam der dunkle Alt dazu und dann noch mehr und schließlich alle:

„O lasset uns anbeten
den König, den Herrn!"

Wir hatten eine Stunde später unsere Bescherung im Pfarrhaus. Da stand richtig wieder der große Baum, und die Kerzen spiegelten sich in den alten, großen, roten und blauen und goldenen Kugeln, und der „kleine Trommler" hing mitten in den Zweigen, nur hatte er ein paar Risse mehr als im Vorjahr. Er hatte schon im großväterlichen Haus gedient, als die Mutter noch ein Kind war. Und die guten Eltern hatten unsere liebsten Wünsche uns abgelauscht. Heute noch habe ich die Mineraliensammlung, die ich damals erhielt, und ich höre noch, wie wenn es gestern gewesen wäre, meinen Jubelschrei: „Ein Rosenquarz – ein Rauchtopas – ein Carneol!"

Und doch – die Kinderfreude war verschlungen durch die Himmelsfreude, die dort oben im Korbmacherhäuslein in die Augen der Kinder getaut war, als sie vor dem Transparent standen.

In jener Nacht sind im Dorf keine „Christkindle" gegangen. Was die Mädchen erzählt haben von dem Weihnachtsabend im Korbmacherhäuslein, hat die „Christkindle" in den Winkel gescheucht, aus dem sie sich nie mehr hervorgewagt haben!

Christmette in Altlußheim

Emil Frommel

„Sie wollen also wirklich am nächsten heiligen Weihnachtstag frühmorgens Christmette halten?“ sagte mein alter Pfarrherr auf dem täglichen Nachmittagsspaziergang, diesmal bei fünfzehn Grad Kälte, und blies schnell ein paar Züge aus seiner Meerschaumpfeife hinaus in die kalte Rheinluft. Das tat er immer, wenn ihm etwas nicht ganz richtig saß: „Wenn Sie es mir gestatten, Herr Pfarrer, so will ich es tun.“ – „Das ist seit Klosterzeiten nicht mehr Mode gewesen. Sie bringen da Neuerungen auf, an die das Volk nicht gewöhnt ist.“ – „Nun, so lassen Sie mich's einmal versuchen, es soll ja nur für die Kinder sein, die Alten können ja wegbleiben.“ – „Da muß wohl jeder sein Licht mitbringen?“ – „Gewiß, da freuen sie sich auch schon darauf“, entgegnete ich. – „Sie zünden uns noch die Kirche an, das gibt ein Gezinzel mit den Lichtern.“ – „Dafür habe ich schon gesorgt, Herr Pfarrer. Lassen Sie mich nur machen.“ – „Sie wollen auch ein Bild aufstellen in der Kirche, habe ich gehört?“ – „Ja, wenn Sie's gestatten, ein Transparent.“ – „Auch das noch. Wo haben Sie denn das her?“ – „Mein Vater und der Hofmaler haben's zusammen gemalt.“ – „Ach so. Und dann wollen Sie auch Christbäume aufstellen, zwei, einen rechts und einen links am Altar?“ – „Wenn Sie's gestatten“, sagte ich wieder stereotyp. – „Da muß ich zuerst an das Dekanat berichten; das sind Neuerungen und das ist katholisch.“ – „Ach, Herr Pfarrer, lassen Sie mich nur machen. Als der Ort noch Kloster-Maulbronnisch war, so steht's in den Akten, war ja auch immer Christmette, und die ganz alten Leute erinnern sich noch recht gut daran, denen macht's Freude. Wenn Sie aber an's Dekanat berichten, dann ist's freilich am Ende. S'ist ja Zeit genug, wenn's Skandal gegeben hat, zu berichten.“ – „Sie sind eben ein junges Blut. Ich habe Ihnen schon hundertmal gesagt, daß ich schon Pfarrer gewesen bin, wie Sie noch gar nicht auf der Welt waren, und die ganze Zeit ist's ohne das abgelaufen; warum denn jetzt auf einmal? Sie müssen doch *endlich* einmal ein ordentlicher Pfarrer werden.“ – „Das will ich auch, lassen Sie mir nur diesmal die Freude.“ – Er blies wieder etliche Rauchwolken hinaus und sagte weiter nichts. – Der Boden war hart gefroren, vom Rhein her blies der Wind in mein windiges Residenzröcklein hinein, während der alte Herr behaglich in seiner wattierten Schirmmütze und bärenhaftem, vorsintflutlichem Überrock, die Hände in violetten Stauchern und die Füße in dicken Filzschuhen, der Kälte spottete. Endlich begann er wieder. „Was denken Sie sich eigentlich bei dieser Feier?“ – „Ich denke weiter nichts, als den Kindern eine Freude zu machen. Ein Kind will sehen und feiern, und kann die Predigt noch nicht verstehen. Aber ein Bild begreift's und ein schönes Lied auch; und dann werde ich ihnen die Weihnachtsgeschichte erzählen.“ – „Weiter nichts? Sie wollen ihnen auch noch was schenken?“ – „Nun, jedem ein Bild der Weihnacht mit einem Spruch.“ – „Sie verplempern Ihr Geld, sag' ich Ihnen, die Kinder zerreißens's doch.“ – „Das kostet ja nicht viel!“ – – „Ihr jungen Leute habt keinen Begriff von Geld und Ordnung.“ – Ich schwieg stille. Als wir zu Hause angekommen waren, blies der Pfarrer die Pfeife vollends aus, klopfte die Asche weg und sagte beim Füßeabputzen: „Meinetwegen, machen Sie, was Sie wollen.“ – Das war unsre Unterredung kurz vor Weihnacht in meiner ersten Gemeinde am Rhein. Der Sturm, auf den ich mich gefaßt gemacht, war also noch glücklich mit etlichen Hindernissen abgeschlagen. – – Das große, schöne Dorf war eine alte maulbronnische Klosterpräbende und erst seit 1803 eingezogen worden. Die Alten trugen noch ihre Nebelspalter und die Frauen ihre zierlichen, gestickten Kappen auf dem Kopfe und hatten, was besser war, ihre Gesangbücher noch aus jener Zeit. Die alten „Tröster“ standen in Schweinsleder auf dem Sims und wanderten am Sonntage herunter. An jene bessere Zeit wollte ich anknüpfen und hatte die alten Weihnachtslieder, die in den Büchern standen und im Volksmunde lebten, gesammelt und die Kinder gelehrt. Alles natürlich verstohlen und hinter dem Rükken meiner alten „Hochwürden“. Kein Kind muckste davon. In den langen Winterabenden, vom Oktober an, holte ich die jungen Burschen und Mädchen aus den Spinnstuben zum Gesang in's Schulhaus und übte mit ihnen vierstimmigen Chorgesang. Das alles sollte zu Wasser werden, wenn der Pfarrherr es nicht erlaubte. – Nun war alles gut. Trotzdem war mir über dem Reden des alten Herrn der Mut etwas gesunken, aber als in der Probe die Kinder so fröhlich: „Ich steh' an Deiner Krippe hier“ mit ihren hohen metallnen Stimmen sangen, und das so schmetterte, wie die Mixtur in der Orgel, kam er mir doch wieder. Es war eine prächtige Winternacht. Der Schnee lag hoch und hartgefroren über den niedrigen Dächern. Die Sterne funkelten kalt und frisch vom Himmel herunter, als um fünf Uhr Morgens die Glocken das erste Zeichen durch's schneestille Dorf hinläuteten. Es macht ein Dorf im Schnee einen wunderbaren Eindruck; den Eindruck eines Toten, der mit einem großen, weißen Laken zugedeckt ist. Nichts regt sich, kein Wagen, kein Mensch. Keine Polizei treibt die Dienstleute heraus, das Trottoir zu fegen. Es schläft alles, wie im Märchen vom Dornröschen; statt der Rosenhecken besorgt der dichte Schnee das Geschäft des Einspinnens. – In den Häusern flammte hie und da schon ein Licht durch die kleinen Fenster gelb hinaus; ein Laden nach dem andern ging aber jetzt auf. Beim Zusammenläuten zogen aus jedem Haus ein Trüpplein schwarzer Gestalten über den knarrenden, weißen Schnee in die Kirche. Mich selbst hatten die Glocken des Speierer Doms, die um Mitternacht mächtig über den rauschenden Rhein tönten, geweckt. Ich dachte vergangener Tage, und, wiewohl nicht bei den Meinen, wohnte ich doch „unter meinem Volke“, in meiner Gemeinde zum ersten Male. Ich sollte ihr, eben erst von den Universitätsbänken weggekommen, fünf Predigten in den beiden Tagen halten. Mir war schon auf die *eine* bange, wer kann aber fünf Mal über dasselbe Thema reden? Aber *feiern* sollten sie wenigstens, besser als durch mein stümperhaftes, studiertes Wort. Hatte ich doch in der Kirche als Kind nie einen vollen Weihnachtseindruck bekommen, weil ich die Predigt nicht verstand. Ich war wohl in der Kirche mit meinen kalten Füßen, aber mit meinem warmen Herzen derweilen zu Haus beim Christbaum und meinen Sachen. – Meine Bauernkinder sollten's besser haben. Dazu ist auf dem Dorf, Gott Lob muß man sagen, noch keine solche Weihnachtsunruhe wie in der Stadt, wo schließlich alles da ist, bis auf's Heu und Stroh der Krippe und nur das Weihnachtskind fehlt; wo müde, abgehetzte Leute sich auf eine Stunde um den Hals fallen. – Wenn's hoch kam, waren dort etliche Lebkuchen, ein paar Schuhe, oder ein Halstüchlein und eine Rute, die am Christbaum hing. Das war so ziemlich alles, und das war schon zu Michaeli auf dem Jahrmarkt besorgt und in die große Truhe gewandert, und die Lebkuchenherzen gaben an Härte keinem Menschenherzen nach. So waren sie also nicht blasiert für eine Feier. Die Kirche war bis auf den letzten Mann gefüllt. Die Filialisten kamen trotz des Schnees stundenweit durch den Wald. Um den Altar mit den Christbäumen scharte sich die ganze Jugend. Auf dem Altar hatte ich das große Transparent aufgestellt, noch dunkel und zugehängt. Jedes Kind hatte sein Wachsstümplein mit, ein paar alte messingne Kronleuchter brannten nur dürftig. Der volle Chor fiel ein, die Bauern schauten auf zu ihren Kindern auf der Orgel und trauten ihren Augen nicht, ob sie's wirklich seien. Ich las die Verheißung des alten Bundes; bei jeder neuen Verheißung wurden mehr Lichter am Christbaume hell, bis die Bäume ganz flimmerten. Zwischen drin ging Gesang um Gesang. Der Morgen graute herein, ich bat, alle Lichter zu löschen, als wir an das Weihnachtsevangelium kamen. Um's bei den Kindern schnell fertig zu bringen, sollte immer eines des andern Licht ausblasen. Im Nu war die Kirche dunkel. An der Stelle „Und sie fanden Mariam und Joseph und das Kind in der Krippe liegend" trat ich vom Altare weg zu den Kindern. Das große Transparent leuchtete nun mit prächtigen Farben hell in die Kirche. Alles Licht war auf das Christkind konzentriert und strahlte von ihm aus. Da fing der ganze Kinderchor dreistimmig an zu singen: „Ich steh' an Deiner Krippe hier." Eine tiefe Stille ging durch die Kirche; den Alten, denen das Lied noch aus jungen Tagen im Gedächtnis war, standen die Tränen in den Augen. Als die Kinder am dritten Verse ankamen, klangen tiefe Stimmen leise mit, zuletzt ein voller Gemeindegesang. Das waren die Alten. Ein kurzes Wort schloß die Feier: „Ihr habt Eure Lichter löschen müssen, damit das Weihnachtskind hell leuchte – so soll's allwege sein. Unser Licht soll ausgehen, seines brennen und leuchten. Das Licht des Christkindes strahlt auf euch Alte gleichermaßen. Bei der Krippe kommt alles zusammen, was einen Heiland braucht. So, jetzt geht heim und sag's jeder dem andern: „Dir ist heute ein Heiland geboren! Amen." – Das sagte ich wohl, aber es ging keiner; wie festgebannt blieben alle in der Kirche. „Laßt mich doch noch da", sagte ein alter, eisgrauer Bauer, „da möcht' ich am liebsten sterben." – „Nein, leben sollt Ihr, alter Simeon-Hansjörg, so lang Gott noch will. Geht nur heim, Euch muß man noch brauchen für's junge Volk." – Endlich war die Kirche leer, schnell räumte ich auf für den Gottesdienst um neun Uhr. Mir war alles Bangen vor den fünf Predigten fort, das Herz eingetaucht in Weihnachtsfreude.

Die Frohbotschaft

in alemannischer Mundart

Hans Thoma

Vo der Geburt Jesu verzählt üs das Wort Gottes, wie es Fleisch geworde isch, wie die göttliche Seel in Verbindung mit dem Erdestoff igange isch.

In Galilea im Städtli Nazaret hät e fromme Jungfrau glebt, die hät en heilige Lebeswandel gführt – si hat Maria gheiße, sie isch verlobt gsi miteme brave Zimmerma, de hät Joseph gheiße. Beide sin arm gsi, obglich sie vom königliche Stamm David ihre Herkunft gha hend.

Do hät Gott no sim hoche Rotschluß de Engel Gabriel zu der reine Magd gschickt mitere überirdische Verkündigung, er isch in ihr still Stübli igschwebt und hät sie ag'redet: „Gegrüßet seist du, Maria – der Herr isch mit dir, du bisch gebenedeit unter den Weibern." – Do isch Maria, wo sie de Engel gseh hät und si Ared verno hät, verschroken und hät denkt: „Was für en Gruß isch das?" Aber der Engel sait: „Fürcht du di nit, Maria, du häsch Gnad gfunde vor Gott. Sieh, din Lib wird gsegnet si und wirscht en Sohn gebäre, des Namen sollsch du Jesus heißen – der würd groß und en Sohn des Allerhöchste genannt werde, und Gott der Herr würd ihm de Stuehl sines Vaters David gebe, und er wird en König si über das Haus Jakob, und sines Riches wird kei End si." – Do hät Maria zum Engel gsait: „Wie cha des zugoh, da i vo keim Ma weiß?" Und de Engel hät gantwortet: „De heilig Geischt würd über di komme, die Kraft des Höchsten wird di überschatte, darum wird das Heilige, das vo dir geborn wird, Gottes Sohn genannt werde."

Der Engel hät ihr au no gsait, daß au ihre G'fründin Elisabet en So übercho werd. Maria aber sait: „Sieh, i bi des Herrn Magd, mir gscheh, wie du gsait häsch." Do hät der Engel Abschied gno. D' Maria ist noher übers Gebirg gwandert und hät Elisabet besuecht, und sie hend mitenander Gott g'lobt.

Zu der Zit hät de römisch Kaiser Augustus d' Welt beherrscht, de hät e Gebot usgeb, daß alle Welt igschätzt und zählt söll werde. Jeder hät müsse in die Stadt, wo er daheim gsi isch. Do hat au Joseph mit sim agetraute Wib Maria vo Nazaret nach Bethlehem wandre müesse, in Davids Stadt, weil sie von Davids Gschlecht abstammte. Wo sie acho sind, isch d' Stadt so voll gsi, daß sie kei Herberg gfunde hend, nur ime Stall hend sie no e Plätzli gfunde, do isch Zit do gsi, wo Maria ihren Sohn geboren hät, und sie hät ihn in Windle g'wicklet und in e Kripfe g'leit – do isch üsers Heilands Seel in aller Armut uf d' Welt cho, ineme Stall bi de Tiere.

In seller Nacht sind i der Gegni Hirte ufem Feld gsi bi ihrem Vieh – do isch uf eimol der Engel Gottes zu ihne cho, und des Licht Gottes hät sie umleuchtet, so daß sie arg verschrocke sind. Der Engel aber sait zue ihne: „Fürchtet euch nit, lueget, i verkündige euch große Fraid, die aller Welt wiederfahre würd, denn eu isch hüt de Heiland gebore, Christus der Herr, in der Stadt Davids. – Das sei eu das Zeiche: ihr werdet das Kind finde in Windle g'wicklet und inere Kripfe liegend." – Do sind alsbald e ganze Wulche vo Engel erschienen, die hend gsunge: Ehre sei Gott in der Höhe und Friede uf Erde und de Mensche ein Wohlgefallen. Derno, wo d'Engel mit ihrem Glanz wieder in Himmel gfahre sind, hend d' Hirte zu enander gsait, jetz wemmer nach Bethlehem und wend das seh, was üs die Engel verkündigt hend. Do sind sie higilt und hend Maria und Joseph gfunde und dozu das Kind, das in der Kripfe g'lege isch. Sie hend das Wort usbreitet, das ihne vom Engel gsait worde isch und alli, die's ghört hend, hät die Red gewunderet. Maria hät all die Wort b'halte und in ihrem Herze bewegt.

Weihnachtshymne

Wahlafried Strabo

Aus der Höh ein Stern uns glänzet
In erhabenem Geleucht,
Der dem ganzen Erdkreis schimmert
Und die dunkle Nacht verscheucht.

Als die Hirten auf dem Felde
Gramvoll ruhten in der Nacht,
Hat ein heller Himmelsherold
Ihnen froh es kundgemacht.

Jubelhymnen ließ erschallen
Die beglückte Engelschar:
Friede kommt aus Himmelshallen
Allen Menschen immerdar.

Dessen Hand umspannt des Himmels
Weiten und den Erdenball,
Arm in Windlein liegt er weinend
Als ein Kindlein hier im Stall.

Der erhabne Mund des Schöpfers,
Der die Zeiten zählt und wiegt,
Liegt, die ird'sche Nahrung saugend,
An die Mutterbrust geschmiegt.

Freue, Himmel, dich mit deinem
Tausendfachen Engelheer,
Freut euch, weite Erdgebiete,
Sterne, Ströme, Weltenmeer!

Über die Berge schreitet der Engel

Heinz Vonhoff

In den Klosterzellen auf der Insel Reichenau zünden die Mönche die Lichter an. Die Nacht bricht herein. Draußen wütet der Wintersturm über den See, peitscht die Wellen in hoher Gischt auf und schlägt sie gegen die Ufer. Aber die Mönche des Klosters, die ihr Leben auf dieser Insel nach den Regeln des Heiligen Benedikt leben, achten des Sturmes nicht. Die Klostermauern sind dick, und die eingelassenen Fenster mit den Rundbögen klein. Der Sturm zerbricht an den Mauern, und die Mönche haben anderes zu tun, als sich um Wind und Wetter zu kümmern. Heinrich II., seit 1002 Kaiser des Heiligen Römischen Reiches Deutscher Nation und später der Heilige genannt, hat dem Kloster Reichenau im sechsten Jahr seiner Regierung ein Perikopenbuch in Auftrag gegeben, und nun schreiben die Mönche Blatt um Blatt die Perikopen des Kirchenjahres auf, setzen ganzseitige großartig einfache Initialen dazu und entwerfen Bilder der Evangelisten und einzelner Ereignisse aus dem Evangelium. Nicht von ungefähr hat sie der Auftrag des Kaisers erreicht. Seit wenige Jahre vorher für Otto III. das Evangeliar im Kloster Reichenau entstanden war, wurde die Malschule der Bodenseeinsel vor anderen Klöstern gerühmt.

Liuthgar beugte sich über das Blatt. „Wir müssen noch einfacher werden“, sprach er leise, mehr zu sich selbst, aber Ottkar vernahm es doch und blickte auf. „Die Gebärde ist alles“, fügte Liuthgar hinzu, „wir müssen durch die Gebärde reden.“ „Es wird viel Mühe bereiten, so vieles wegzulassen“, entgegnete Ottkar, „die Hände malen leichter, wenn sie nicht gezügelt werden.“

„Der Kaiser wird sich gedulden müssen“, beendete Liuthgar das Gespräch, „ich glaube nicht, daß wir in fünf Jahren damit fertig sein werden. Nun aber ans Werk. Wo hast du die Skizzen der Engel?“ Ottkar reichte ein paar Blätter hinüber und schwieg. Liuthgar wählte zwei Entwürfe aus und wägte sie gegeneinander ab, auch er sprach kein Wort. Über die Hirten waren sie sich längst einig. Da lag ja alles klar. Die Hirten von Bethlehem waren Staunende und Hörende und Gehende. Drei Hirten würden genügen, dies auszusagen. Mochten es auch mehr gewesen sein, damals in der Nacht auf dem Felde bei Bethlehem. Auch mit den Schafen war es einfach. Sie gehörten dazu, weil sie es miterlebt hatten. Aber in der Heiligen Schrift findet sich nichts davon, daß sie mitgegangen sind. Also werden sie unbeteiligt geblieben sein, sie werden grasen. Eines vielleicht von den vieren, fünfen, die man malen wird, sollte aufhorchen. Bezeugt es nicht die Schrift an vielen Orten, daß die Botschaft aller Kreatur gilt?

Liuthgar weiß: sie werden die Gruppe der Hirten und der Schafe im unteren Bilddrittel einordnen. Aber der Engel macht ihnen Not.

Sie haben viele Engel gemalt, Männer im weißen Gewand, Wesen aus einer anderen Welt, Lichtgestalten, Boten, Verkünder, Wegweiser. Sie haben alles bedacht.

„Und siehe, der Engel des Herrn trat zu ihnen." So las Liuthgar zum wiederholten Male die Stelle aus dem Lukasevangelium.

Der Engel trat zu ihnen. Die Füße trugen ihn auf das Hirtenfeld. Die Flügel genügen nicht für den Engel. Er schreitet. Das weiß Liuthgar, sie müssen den Engel schreitend malen.

„Und er spricht mit den Hirten."

Ja, der Engel verkündet es, er redet. Das ist die Gebärde, um die es geht. Die Gebärde des Redens. Nicht der Mund, der ganze Körper des Engels, die Hände vor allem reden.

Ottkar schaute zu Liuthgar hinüber. Als hätte er dessen Gedanken erraten, sprach er: „Der Engel müßte mit der rechten Hand den Weg zeigen, den Weg nach Bethlehem, zum Heiland. Diese Botschaft nehmen ihm die Hirten mit den begreifenden Händen ab."

„Ja, aber wie machen wir deutlich, daß es eine Botschaft um Christus ist?" Bedachtsam wägte Liuthgar die Worte seiner Frage. „Die Botschaft lautete doch zuerst: Christus ist geboren."

Ottkar reichte ihm das Blatt. Liuthgar prüfte es lange. Unter dem ausgestreckten rechten Arm, dessen Hand die Richtung anzeigte, in die schon der erste Hirte die ersten Schritte tun müßte, war der linke Arm des Engels zurückgebogen, um das Gewand zu raffen, das ihn am Gehen behinderte. Doppelter Sinn der Gebärde: das Schreitende im Faltenwurf, die Botschaft im Kreuzsymbol der beiden Arme.

„Vielleicht so, ja vielleicht", meinte Liuthgar und legte das Blatt beiseite. Vor seinen Augen formte sich das Bild. Flächiger Goldgrund über die ganze Seite, die Hirten, die Herde davor, groß dahinter und über ihnen der Engel, schreitend, sprechend. Schreitend? Woher kam der Engel, worüber schritt er? Das galt es noch zu bedenken.

Plötzlich zerbrach Glockensturm die Stille der Zelle. Das war ein Notruf im Kloster. Und mit dem Ruf der Glocken drang nun auch der Sturm durch die Mauern, sein Heulen und das Tosen der Wasser. Ottkar sprang auf: „Komm Liuthgar, Not ruft. Wir helfen.“ Er wartete keine Antwort ab, sondern verließ raschen Schrittes die Zelle. Liuthgar trat ans Fenster und verharrte. Er sah Fackelträger zum Ufer eilen, das Licht war hell genug, die hohen Wogen erkennen zu lassen. Auch sah er den Kahn, der am Ufer wild tanzte. Zwei, drei Mönche lösten ihn und ruderten los. Irrsinn, dachte Liuthgar, Irrsinn, so gegen den Sturm zu rudern! Dann stand er betroffen. Hatte er vergessen, was Christus geboten? Hatte er vergessen, was Christus getan? Ottkar hatte den Ruf verstanden. Warum stand er, Liuthgar, noch hier? Warum ging er nicht? Christus war zu einem Schiffbrüchigen unterwegs, und sein Mönch Liuthgar steht in der Zelle und schaut zu.

Wir müssen das mit in unser Perikopenbuch aufnehmen, wie Christus über das Meer schreitet und die Jünger stärkt, dachte der Mönch in der Zelle. Uns können Wind und Wellen nichts anhaben, denn Christus ist mit im Boot, dachten die drei Ruderer, als sie sich an den Bedrängten herankämpften, dessen Kahn umgeschlagen war und kieloben trieb. Mühsam nur hielt er sich festgeklammert. Mühsam rangen die Mönche um sein Leben. Einer derer, die im Boote saßen, war Ottkar.

So ist das also, dachte der Maler, durch die Wellen hindurch dringen die Retter. Über die Wogen naht der Erlöser. Aber während seine Gedanken den Bildern nachhingen, führten die Hände das Ruder.

„Ihr wißt nicht, wie das ist, wenn plötzlich eine Hand nach einem greift und Rettung bringt“, sagte später der, den sie bergen konnten. Er war ein Fremdling an diesem Ufer und wunderte sich sehr, daß die Männer in den Kutten die Rettung überhaupt gewagt hatten.

Ottkar dachte daran: Wer hatte es befohlen? Die Glocke, der Abt, das eigene Herz, der Mut? Da fiel ihm das Bild ein, das es zu malen galt. Und er wußte die Antwort, er wußte nun auch, wie das Bild werden würde.

Luithgar wollte ihn an den Kamin verweisen, denn seine Kleider troffen von Nässe. Aber Ottkar versäumte keine Zeit. Mit ein paar Strichen skizzierte er und ließ es den Bruder sehen. Dann trat er ans Fenster und blickte hinaus. Und langsam sprach er, ohne sich umzuwenden oder darauf zu achten, ob Liuthgar zuhörte: „Was in der Nacht von Bethlehem geschah, hat Jesaja vorausgesehen. Das war genau die Stunde, in der auf den Bergen die Füße der Boten, die Frieden bringen, so lieblich sind. Über die Berge schreitet der Engel, tritt er zu den Hirten. Über die Berge, und die Berge sind vor seiner Gestalt klein, und sie sind die Wogen des stürmischen Meeres, auf dem wir Menschen treiben, über die

Wogen des Völkermeeres kommt der Engel des Herrn geschritten in seiner Ruhe, die das Gewoge überstrahlt, wie das Gold des Hintergrundes die Berge zu seinen Füßen überstrahlen wird.

Und er kommt aus einem Licht, da niemand wohnen kann. Darum ragt seine Gestalt aus einem fernen Rosa heraus, das im oberen Bildteil erst ins Gold des Hintergrundes übergeht. In seinen Flügeln ist die Ruhe der überirdischen Welt, aber in seinem wehenden Gewand ist die Unruhe der irdischen Welt, in die ihn der Vater gesandt hat, daß er den Sohn verkünde." Liuthgar hörte und schwieg. In dieser Nacht, das spürte er, hatte Ottkar das Geheimnis des Evangeliums erfahren, draußen auf dem Bodensee, im wütenden Sturm und im schwankenden Kahn. Er hörte die letzten Worte des Bruder: „Die Berge unter den Füßen des Boten sind klein und werden kleiner auf dem Weg nach Bethlehem. Die Krippe, den Heiland finden alle, die in den Wogen bedrängt leben. Es ist eine ebene Bahn."

Da machten sie sich an die Arbeit und malten das Bild. Und als sie es fertig hatten, holten sie den Fremden aus der Krankenzelle, wo er sich von der schweren Erkältung erholen sollte, die ihm die Nacht auf dem Wasser eintrug, und ließen ihn das Bild sehen, sagten ihm auch, wie es in jener Nacht begonnen habe und eröffneten ihm das Herz für die Botschaft, die er noch nie zuvor vernommen. Dann malten sie weiter.

Im Jahre 1014 vollendeten sie das Perikopenbuch Heinrich II., des Heiligen. Es umfaßte 206 Blätter. Auch in den Bildern fand der Kaiser nichts anderes geschrieben als die Botschaft des Evangeliums.

Weihnachten auf dem hohen Twiel

Joseph Victor von Scheffel

Des Winters Nächte sind lang und dunkel. Dann und wann blitzt ein Nordlicht auf. Aber leuchtender als alles Nordlicht steht jene Nacht in der Menschen Gemüt, da die Engel niederstiegen zu den Hirten auf der Feldwacht und ihnen den Gruß brachten: „Ehre sei Gott in der Höhe und Friede auf Erden allen, die eines guten Willens sind."

Auf dem hohen Twiel rüsteten sie zur Feier der Weihnacht durch freundliches Geschenk. Das Jahr ist lang und zählt der Tage viel, in denen man sich Freundliches erweisen kann; aber der Deutschen Sinnesart will auch dafür einen Tag vorgeschrieben haben, darum ist bei ihnen vor anderem Volk die Sitte der Bescherung eingeführt. Das gute Herz hat sein besonder Landrecht.

In jener Zeit hatte Frau Hadwig die Grammatica schier beiseite gelegt; es wurde im Frauensaal viel genäht und gestickt, Knäuel von Goldfaden und schwarzer Seide lagen umher, und wie Ekkehard einstmals unvermerkt eintrat, sprang Praxedis vor ihn hin und wies ihm die Tür, Frau Hadwig aber verbarg ein angefangen Werk der Nadel in einem Körblein.

Da ward Ekkehard aufmerksam und zog nicht ohne Grund den Schluß, es werde etwas zum Geschenk für ihn hergerichtet. Darum sann er darauf, dasselbe zu erwidern und alles aufzubieten, was ihm an Wissen und Kunstfertigkeit zu Gebot stand; er schickte seinem Freund und Lehrer Folkard in Sankt Gallen Bericht, daß ihm der zusende Pergament und Farben und Pinsel und köstliche Tinte. Jener tat's. Ekkehard aber saß manches Stündlein der Nacht in seiner Turmstube und besann sich auf ein lateinisches Reimwerk, das er der Herzogin widmen wolle – und sollten ihr darin etliche feine Huldigungen dargebracht werden. Es ging aber nicht so leicht . . .

Auch Audifax traf seine Vorbereitungen für Weihnachten. Seine Hoffnung auf Schätze war sehr geschwunden. Er hielt sich jetzt an das wirklich Vorhandene. Darum stieg er oft nächtlich ins Tal hinunter ans Ufer der Aach, die mit trägem Lauf dem See entgegenschleicht. Beim morschen Steg stand ein hohler Weidenbaum. Dort lauerte Audifax manches Stündlein, den erhobenen Rebstecken nach des Baumes Öffnung gerichtet. Er stellte einem Fischotter nach. Aber keinem Denker ist die Erforschung der letzten Gründe alles Seins so schwierig geworden, wie dem Hirtenknaben seine Otterjagd. Denn aus dem hohen Ufer zogen sich noch allerhand Ausgänge in den Fluß, die der Otter wußte, Audifax nicht. Und wenn Audifax oft vor Kälte zitternd sprach: „Itzt muß er kommen!" so kam weit stromaufwärts ein Gebrause hergetönt, das war sein Freund, der dort die Schnauze übers Wasser streckte und Atem holte; und wenn Audifax leise dem Ton nachschlich, hatte sich der Otter inzwischen auf den Rücken gelegt und ließ sich gemächlich stromab treiben . . .

In der Hohentwieler Küche war Leben und Bewegung, wie im Zelt des Feldherrn am Vorabend der Schlacht. Frau Hadwig selbst stand unter den dienenden Mägden, sie trug keinen Herzogsmantel, wohl aber einen weißen Schurz, teilte Mehl und Honig aus und ordnete die Backung der Lebkuchen an. Praxedis mischte Ingwer, Pfeffer und Zimt zur Würze des Teigs.

„Was nehmen wir für eine Form?" frug sie. „Das Viereck mit den Schlangen?"

„Das große Herz ist schöner", sprach Frau Hadwig. Da wurden die Weihnachtslebkuchen in der Herzform gebacken, den schönsten spickte Frau Hadwig eigenhändig mit Mandeln und Kardamomen.

Eines Morgens kam Audifax ganz erfroren in die Küche und suchte sich ein Plätzchen am Herdfeuer; seine Lippen zitterten wie in Fieberschauer, aber er war wohlgemut und freudig. „Rüste dich, Büblein", sprach Praxedis zu ihm, „du mußt heut nachmittag hinüber in den Wald und ein Tännlein hauen."

„Das ist nicht meines Amtes", sprach Audifax stolz, „ich will's aber tun, wenn Ihr mir einen Gefallen tut."

„Was befiehlt der Herr Ziegenhirt?" fragte Praxedis.

Audifax sprang hinaus, dann kam er wieder und hielt einen dunkelbraunen Balg siegesfroh in die Höhe, das kurze glatte Haar glänzte daran, dicht und weich war's anzufühlen.

„Woher das Rauchwerk?" fragte Praxedis.

„Selbst gefangen", sprach Audifax und sah wohlgefällig auf seine Beute. „Ihr sollt eine Pelzhaube für die Hadumoth daraus machen."

Die Griechin war ihm wohlgesinnt und versprach Erfüllung der Bitte.

Der Weihnachtsbaum war gefällt; sie schmückten ihn mit Äpfeln und Lichtlein, die Herzogin richtete alles im großen Saal. Ein Mann von Stein am Rhein kam herüber und brachte einen Korb, der mit Leinwand zugenäht war. Es sei von Sankt Gallen, sprach er, für Herrn Ekkehard. Frau Hadwig ließ den Korb uneröffnet zu den anderen Gaben stellen.

Der heilige Abend war gekommen. Die gesamten Insassen der

Burg versammelten sich in festlichem Gewand; zwischen Herrschaft und Gesinde sollte heute keine Trennung sein. Ekkehard las ihnen das Evangelium von des Heilands Geburt, dann gingen sie paarweise in den großen Saal hinüber, da flammte heller Lichtglanz und festlich leuchtete der dunkle Tannenbaum – als die letzten traten Audifax und Hadumoth ein, ein Blättlein Goldschaum vom Vergolden der Nüsse lag an der Schwelle, Audifax bückte sich danach, es zerging ihm unter den Fingern. „Das ist dem Christkind von den Flügeln abgefallen", sprach Hadumoth leise zu ihm.

Auf großen Tischen lagen die Geschenke für die dienenden Leute, ein Stück Leinwand oder gewoben Tuch und einiges Gebäck; sie freuten sich des nicht allzeit so milden Sinnes der Gebieterin. Bei Hadumoths Anteil lag richtig die Pelzhaube. Sie weinte, als Praxedis freundlich den Geber verriet. „Ich hab' nichts für dich", sagte sie zu Audifax. „Es ist statt der Goldkrone", sprach der. Knechte und Mägde dankten der Herzogin und gingen in die Gesindestube hinunter.

Frau Hadwig nahm Ekkehard bei der Hand und führte ihn an ein Tischlein. „Das ist für Euch", sprach sie. Bei mandelgespicktem Lebkuchenherz und dem Korb lag ein schmuckes priesterliches Samtbarett und eine prächtige Stola, Grund und Fransen waren von Goldfaden, dunkle Punkte waren mit schwarzer Seide drein gestickt, einige mit Perlen ausgeziert, sie war eines Bischofs wert.

„Laßt sehen, wie Ihr Euch ausnehmt", sprach Praxedis. Trotz der kirchlichen Bestimmungen setzte sie ihm das Barett auf und warf ihm die Stola um. Ekkehard schlug die Augen nieder. „Meisterhaft!" rief sie, „Ihr dürft Euch bedanken."

Er aber legte scheu die geweihten Gaben wieder ab, aus seinem weiten Gewand zog er die Pergamentrolle und reichte sie schüchtern der Herzogin dar. Frau Hadwig hielt sie unentfaltet. „Erst den Korb öffnen! Das Beste" – sprach sie, freundlich auf das Pergament deutend, „soll zuletzt kommen."

Da schnitten sie den Korb auf; in Heu begraben und durch des Winters Kälte wohl erhalten, lag ein mächtiger Auerhahn drin, Ekkehard hob ihn in die Höhe, mit ausgebreiteten Flügeln reichte er über eines Mannes Länge. Ein Brieflein war bei dem stattlichen Stück Federwild.

„Vorlesen!" sprach die Herzogin neugierig.

Ekkehard öffnete das unkenntliche Sigill und las:

„Dem ehrwürdigen Bruder Ekkehard und dem hohen Twiel durch Burkard, den Klosterschüler, Romeias, der Wächter am Tor.

„Wenn es zwei wären, so wäre einer für Euch. Da es aber zwei nicht geglückt hat, so ist der eine nicht für Euch und Euer kommt nach. Gesendet wird er an Euch wegen Unwissenheit des Namens. Sie war aber mit der Frau Herzogin damals im Kloster und trug ein Gewand von Farbe eines Grünspechts, den Zopf um die Stirn geschlungen.

Derselben den Vogel. Wegen fortwährender Gedenkung dessen, der ihn geschossen, an stattgefundener Begleitung zu den Klausnerinnen. Er muß aber stark eingebeizt und mürb gebraten werden, weil sonst zähe; bei Zuzug von Gästen soll sie das weiche Fleisch am Rückgrat selber verzehren, da dies das beste, und das braune von harzigem Geschmack.

Dazu Glück und Segen. Euch, ehrwürdiger Bruder, auch. Wenn auf Eurer Burg ein Wächter, Turmwart oder Forstwart zu wenig, so empfehlet der Herzogin den Romeias, dem wegen Verspottung durch den Schaffner und Verklagung durch den Drachen Wiborad Veränderung des Dienstes wünschenswert. Übung im Tordienst, Einlaß und Hinauswerfung fremden Besuchs betreffend, kann bezeugt werden. Ebenso was Jagd angeht. Und er schaut jetzt schon nach dem hohen Twiel, als zöge ihn ein Seil dorthin. – Langes Leben Euch und der Herzogin. Lebet wohl."

Als Ekkehard hinaufgegangen war in seine Turmstube und die stille Mitternacht herannahte, saßen die Frauen noch bei einand. Und die Griechin brachte eine Schale mit Wasser und etliche Stücklein Blei und einen metallenen Löffel. „Das Bleigießen vom vorigen Jahr ist gut eingetroffen", sprach sie, „wir mochten's uns damals kaum erklären, welch eine sonderbare Form das geschmolzene Stück im Wasser annahm; aber ich meine itzt mehr und mehr, es habe einer Mönchskapuze geglichen, und die ist unserer Burg geworden."

Die Herzogin war nachdenkend. Sie lauschte, ob Ekkehard nicht etwa den Gang zurückkehre.

„Es ist doch nur eitel Spielerei", sprach sie . . .

„Wenn es meiner Herrin nicht gefällt", sagte die Griechin, „so mag sie unsern Lehrer beauftragen, uns mit Besserem zu erfreuen; sein Virgilius ist freilich ein zuverlässiger' Orakel der Zukunft, als unser Blei, wenn es in geweihter Nacht mit Segensspruch und Gebet aufgeschlagen wird. Ich wäre fast neugierig, welch ein Stück seiner Dichtung uns die Geschicke des nächsten Jahres offenbaren würde . . ."

„Schweig," sagte die Herzogin. „Er hat neulich so streng über Zauberei gesprochen, er würde uns auslachen . . ."

„Dann werden wir beim alten bleiben müssen", sprach Praxedis und hielt den Löffel mit dem Blei über das Licht der Lampe. Das Blei schmolz und bewegte sich zitternd, da stund sie auf, murmelte etliche unverständliche Worte und goß es herab. Zischend sprühte das flüssige Metall in die Wasserschale.

Frau Hadwig wandte ihren Blick in scheinbarer Gleichgültigkeit. Praxedis hielt die Schale ans Lampenlicht: statt in seltsame Schlacken zu splittern, war das Blei zusammenhängend geblieben, ein länglich zugespitzter Tropfen. Matt glänzte es in Frau Hadwigs Hand.

„Das ist wiederum ein Rätsel, bis die Lösung kommt", scherzte Praxedis. „Die Zukunft sieht ja dieses Mal fast aus wie ein Tannenzapfen."

„Wie eine Träne!" sprach die Herzogin ernst und stützte ihr Haupt auf die Rechte.

Lauter Lärm im Erdgeschoß der Burg unterbrach das weitere Prüfen der Vorbedeutung; Gekicher und Aufschrei der dienenden Mägde, rauhes Gebrumm männlicher Stimmen, schriller Lautenschlag: so tönte es verworren den Gang herauf; ehrerbietig und schutzflehend hielt der fliehende Schwarm der Dienerinnen an des Saales Schwelle, die lange Friederun unterdrückte mühsam ein lautes Schelten, die junge Hadumoth weinte – tappend kam eine Gestalt hinter ihnen drein, schwerfällig zweibeinigen Schritts, in rauhe Bärenhaut gehüllt, eine bemalte hölzerne Maske mit namhafter Schnauze vor dem Antlitz; sie brummte und murrte wie ein hungriger Braun, der auf Beute ausgeht, und tat dann und wann einen ungefügigen Griff in die Laute, die an rotem Band über die zottigen Schultern gehängt war – aber wie des Weihnachtssaals Türe sich auftat und der Herzogin Gewand entgegenrauschte, machte der nächtliche Spuk Kehrt und polterte langsam durch den dröhnenden Gang zurück.

Die alte Schaffnerin ergriff das Wort und trug ihrer Gebieterin vor, daß sie fröhlich unten gesessen und sich der Weihnachtsgaben erfreut, da sei das Ungetüm eingebrochen und habe erst zum eigenen Lautenspiel einen feinen Tanz aufgeführt, hernach aber die Lichter ausgeblasen und die erschrockenen Maiden mit Kuß und Umarmung bedroht und sei so wild und unersättlich geworden, daß es sie alle zur Flucht genötigt; dem rauhen Lachen des Bären aber sei mit Grund zu entnehmen, daß unter der Wildschur Herr Spazzo, der Kämmerer, verborgen stecke, der nach einem scharfen Weintrunk hiermit sein Weihnachtsvergnügen beschlossen.

Frau Hadwig beruhigte den Unwillen des Gesindes und hieß sie schlafen gehen. Vom Hofe aber tönte noch einmal bewundernder Aufruf; alle standen in einer Gruppe beisammen und schauten unverrückt auf den Turm, denn der schreckhafte Bär war hinaufgestiegen und erging sich jetzo auf den Zinnen der Warte und reckte sein struppiges Haupt nach den Sternen, als wolle er seinem Namensgenossen droben, dem großen Bären, einen Gruß hinüberwinken ins Unermeßliche.

Die dunkle Vermummung hob sich in deutlichem Umriß vom fahlen, glanzerhellten Himmelsgrunde, gespenstig klang ihr Brummen in die schweigende Nacht; doch keinem der Sterblichen war kund, was die leuchtenden Gestirne dem weinschweren Haupte Herrn Spazzo, des Kämmerers, geoffenbart . . .

Um dieselbe Mitternachtsstunde kniete Ekkehard vor dem Altar der Burgkapelle und sang leise die Hymnen der Christmette, wie es die Übung der Kirche vorschrieb.

Friede auf Erden

Adolf Schmitthenner

Es gibt ein Dörflein, liegt also fernab von aller Welt, daß gute und schlechte Mär zwei Monate später dorthin kommt als sonst an irgendeinen Fleck in den deutschen Landen. So geschah es, daß man um die Weihnachtszeit des Jahres 1648 in selbigem Dorfe noch nicht wußte, daß nach dreißigjährigem Kriegsjammer Friede worden war im Vaterland, und doch hatten die Herren Gesandten zu Münster und Osnabrück schon am 25. Oktober mit umständlicher Feierlichkeit das letzte große Punktum gesetzt. Bald nach Martini zwar ist ein fahrender Geselle gekommen, der erzählte im Wirtshaus, es sei Fried' im Reich, und er selber habe gesehen, wie die Bauern drunten am Strom auf der Heerstraße ihre Schweine zu Markt getrieben hätten; aber niemand glaubte es ihm. Einer holte den alten Schulmeister. Der fühlte dem Fremden auf den Zahn durch allerlei Fragen. Als der Geselle erzählte, daß er auf der hohen Schule zu Padua gewesen sei und daß man dort jetzt den Stoßdegen unter dem Rockschoß trage, da raunte der Schulmeister den andern zu: „Traut ihm nicht, 's ist ein Lateinischer!" und schier gar hätte der Wandersmann für seine Friedensbotschaft noch Schläge bekommen.

So wähnten sich die Leute mitten im Krieg. Wer etwas in Feld oder Wald zu tun hatte, nahm einen guten Gesellen mit. Abwechselnd trugen sie das Feuerrohr, und ehe sie an die Arbeit gingen, suchten sie das Umland ab; während der eine Holz machte oder ackerte, stand der andere auf Wache. Einige Male hatten sich Gewaffnete gezeigt; die wurden durch Schüsse vertrieben. Ob es versprengte Soldaten waren oder Raubgesindel, wußte man nicht. Allsonntäglich fügte der Pfarrer dem großen Kirchengebet die Bitte um den edlen Frieden bei, und fast all andermal ließ er sein Lieblingslied singen: „Ach, Gott vom Himmel, sieh darein und laß dich es erbarmen!" Er war stimmlos, seit ihm die Kroaten den Schwedentrunk mit heißem Wasser gegeben hatten, und er hatte seitdem keine gute Stunde mehr. Aber er versah noch sein Dienstlein, und die Leute verstanden ihren Hirten, auch konnten sie sich alle nah zu ihm heransetzen. Krieg, Pest und Hunger hatten aufgeräumt.

So war der Tag vor dem Christfest herangekommen. Niemand dachte mehr an die Friedensbotschaft des „Lateinischen". Nur eine hatte sie nicht vergessen. Das war des Nachtwächters alte Mutter. Sie hatte vor fünf Jahren ein böses Gelübde getan. Das quälte sie jetzt, denn sie lag im Sterben. Es war an einem Wintertag, da trugen sie ihr den Mann tot ins Haus. Vorübersprengende Reiter hatten ihn aus Mutwillen erschossen, als er auf einem gefällten Stamme saß und sein Brot verzehrte. Damals fluchte sie dem Herrgott, weil er solch himmelschreienden Greuel geschehen ließ, und sie gelobte, nicht mehr zum Nachtmahl zu gehen, solange der Krieg währe. Jetzt lag sie krank zu Bett und wußte, daß sie sterben müsse, und sehnte sich nach der heiligen Kost. Aber als der Pfarrer ihr zuredete, sie solle der Sehnsucht Genüge tun, denn ihr Gelübde sei gottlos gewesen, da wandte sie sich zur Mauer und gab keine Antwort.

Heute nun warf sie sich unruhig auf ihrem Lager herum. Der Husten quälte sie und noch etwas. „Mein Vater selig ist auf den Christtag gestorben", sagte sie in der Frühe. Nach einer Weile stöhnte sie auf.

„Was ist Euch, Mutter?" fragte der Sohn und eilte ans Bett.

„Man ist doch auch ein Christenmensch!" flüsterte sie.

„Morgen ist Nachtmahl in der Gemeinde", fing der Sohn wieder an, „wollt Ihr nicht auch, Mutter?"

Da fragte sie mit hastiger Stimme: „Ist Fried' im Land?"

Der Nachtwächter schüttelte traurig den Kopf. „Wir erleben's nimmer, Mutter, Ihr nicht und ich nicht." Und er ging zur Tür hinaus.

Da trat ihr Enkelsohn an das Bett, ein baumlanger Kerl. Er war hinter dem Ofen gesessen und hatte an einem Span geschnitzt. „Ich will in die Stadt gehen, Altmutter, und fragen, ob Krieg oder Fried' ist. Morgen früh bin ich wieder da."

„Ja, geh", flüsterte die Kranke in fliegender Hast. „Geh, ehe dein Vater kommt, er leidet's sonst nicht!"

„Wen soll ich fragen, Altmutter?"

„Im Torturm wohnt der Weibel. Seine Frau ist mein Patenkind. Die frag, die weiß es! Sie hat von mir ein silbern Salzfaß zur Aussteuer. Das soll sie dir geben zum Zeugnis der Wahrheit, wenn Fried' ist im Land! Geh, nimm deines Vaters Spieß mit, der Wolf –"

Aber der Junge hörte nicht mehr. Schon eilte er den Berg hinab der Waldschlucht zu.

Sechs Stunden war es bis zur Stadt. Der Weg führte durch einsame Heide und wilden Wald, vorbei an ausgebrannten Mühlen und verlassenen Dörfern; dann stieg er hinunter ins breite, offene Tal an den großen Strom, wo die Heerstraße lief und die Städte lagen. Durch Wald und Heide trabte der Wolf, und durchs Tal zog Mordgesindel jahraus, jahrein, solches mit der roten Feder und solches mit der Sturmhaube, Schnapphähne und Soldaten.

Den Tag über lag die Alte still. Als der Sohn das Mittagsmahl kochte – es war kein Frauensbild weiter im Haus – fragte er: „Wo steckt denn der Bub?“ Aber er fragte mehr sich selbst als seine Mutter, und diese schwieg. Der Abend dämmerte. Da schaute der Mann besorgt nach in Stall und Scheune, blickte die Dorfstraße hinauf und kehrte stumm in die Stube zurück. Er setzte sich auf die Ofenbank. Es wurde finster. Die Mutter stöhnte. „Wollt Ihr was?“ fragte der Sohn von der Bank her.

„Er wird in die Stadt sein“, jammerte die Kranke.

„Der Bub?“ rief entsetzt der Mann.

„Er will fragen, ob Fried' ist im Land.“

„Mutter“, schrie der Sohn, „Euch rechn' ich's zu, wenn er mir verdirbt!“

Die Kranke murmelte Unverständliches. Ihre Zähne schlugen zusammen. Beide schwiegen. Es wurde völlig Nacht in der Stube. Nur die Augen der Hauskatze leuchteten unter dem Ofen herauf.

Als der Orion über das Scheunendach schaute, stand der Mann auf, nahm das Horn von der Wand und verließ wortlos die Stube. Die Katze strich ihm nach bis an die Tür, dann sprang sie auf den Fenstersims. Aber es wehte ein kalter Zug herein. Mit ein paar Sätzen war sie wieder am Ofen, legte sich auf den alten Platz, und ihre Augen leuchteten nach dem Bette der Sterbenden hinüber.

Derweil stieg der Orion höher und höher, und jetzt schauten seine Sterne in die Waldschlucht hinein gleich unten am Dorf. Wolfsloch hieß sie, und die Leute wußten, warum. Das Sternenlicht drang hinab bis auf den schmalen, finstern Grund. Dort lag eine dunkle Masse, fast regungslos, Mensch und Tier im Ringen auf Leben und Tod. Oben am Eingang zur Schlucht stand der Nachtwächter und spähte hinab. Aber der Blick ging über den Knäuel hinweg, und der Kampf war lautlos; der sausende Odem der Ringenden verwehte, ehe der Lufthauch von dort heraufkam. In dem Augenblick, als der Vater sich umwandte dem Dörflein zu, tauchte aus der Tiefe der Schlucht ein irrer Blick in das blinkende Sternenlicht, und mit Himmelsgewalt schlug wie ein siegreicher Blitzstrahl ein Seelenschrei in die Unendlichkeit: „Herrgott, ich muß der Altmutter zum Nachtmahl helfen!„

Der Nachtwächter war langsam hinaufgestiegen auf den Kirchhofhügel. Man sah dort am weitesten umher. Er spähte in die schneelose Landschaft hinaus, sein Blick weilte ein wenig bei den dunklen Tannen, die das Wolfsloch zudeckten. Dann ging der Mann langsam über den hellen Friedhof. An einem großen Grabhügel stand er stille. Hier lagen siebzehn, die auf zwei Tage an der

Pest gestorben waren. Darunter auch sein Weib und zwei Mägdlein. Ein drittes, die älteste, hatte das Kriegsvolk mitgeschleppt. Sie war nimmer heimgekommen.

Nimmer heimgekommen! Da schnürte es ihm das Herz zu. Er dachte an seinen Buben. Aber wie er nun, um von neuem zu spähen und zu lauschen, das Antlitz hob, leuchteten ihn die Sterne so mild und tröstlich an, daß ihm die Augen feucht wurden. Und mit einem Male fiel's ihm ein: Heute ist der Heiland geboren. Er schaute nach dem Stand der Gestirne. Es war um die halbe Nacht. Er nahm sein Horn und blies die zwölfte Stunde. Dann schritt er den Hügel hinab. Als er von der sternenhellen Höhe in die finstere Dorfgasse getreten war, hielt er stille und hub mit lauter Stimme zu singen an:

Vom Himmel hoch, da komm ich her,
ich bring euch gute, neue Mär,
der guten Mär bring ich so viel,
davon ich singen und sagen will.

Er wollte gerade weiterfahren: Euch ist ein Kindlein heut geboren, da sah er eine hohe Gestalt die Dorfgasse heraufkommen. So hochgewachsen ist nur einer, jauchzte sein Herz, mein Bub! Mit raschen Schritten ging er ihm entgegen. Der Bursche kam langsam, er war barhäuptig, die Arme über der Brust gefaltet. Im Schatten einer Scheune stand er still. Halb freudig, halb verwundert trat der Vater ihm nahe. Aber ehe er fragen mochte, rief ihm der Sohn mit leiser, fremdartiger Stimme: „Vater, holt den Pfarrer, die Altmutter kann zum Nachtmahl!“ Und flüsternd fügte er hinzu: „'s ist Friede!“

„Friede!“ schrie der Mann und taumelte zurück. „Friede!“ wiederholte er, und die Tränen stürzten ihm aus den Augen, und er zitterte wie im Fieberschauer. Eine Weile stand er in sich versunken und murmelte vor sich hin immer nur das eine Wort: „Friede!“ Dann raffte er sich auf und ging mit großen Schritten dem Pfarrhaus zu. Des Sohnes hatte er vergessen.

Der ging langsam zurück. Oft blieb er stehen und preßte die Hände auf die Brust. Aber nach kurzer Weile ging er weiter, vorbei am letzten Hause, wo die Großmutter lag. Zum Dorf hinaus dem Wolfsloch zu schleppte er sich. Was trieb ihn an den grauenvollen Ort? Wollte er dem erwürgten Feinde noch einmal ins verglaste, bluttriefende Auge schauen?

Derweil hatte der Nachtwächter mit der Klinge der Hellebarde die Tür des Pfarrhauses aufgebrochen. Seinem Klopfen war nicht geöffnet worden. Man kannte dieses Pochen zur Nachtzeit. Drinnen in der Stube lag der Pfarrer auf den Knien und bat Gott um den Gnadenstoß. Da rief des Nachtwächters bekannte Stimme in die Stube hinein: „Friede!“ Der Pfarrer sah mit stieren Augen hin, wie wenn er nichts begriffe. „Meine Mutter will sterben. Gebt ihr das Nachtmahl! Fried' ist im Land!“ Da ward dem alten Manne das Herz überwältigt. Er brach in seinem stimmlosen Flüsterton in Schluchzen aus. Es klang zum Erbarmen.

Der Nachtwächter aber ging hinüber zum Schulmeister. Mit dem Knopf der Hellebarde stieß er an den Laden: „Ich bin's, macht auf!„

„Wo brennt's?“ rief der Schulmeister und öffnete den Laden.

Da legte der Nachtwächter seine Arme dem Manne um den Kopf, neigte das Antlitz ihm an die Wange und flüsterte ihm ein Wort ins Ohr. Der Schulmeister zuckte zusammen, dann weinten beide Männer Brust an Brust.

„Ich muß läuten, laß mich los!“ sagte endlich der Schulmeister. Aber sein Geselle war seiner nicht mehr mächtig. Gewaltsam machte sich der Greis frei, weckte seine Söhne und eilte zur Kirche hinauf, während der Nachtwächter sich wieder zum Pfarrhaus wandte.

Seit vierzehn Jahren waren die Glocken stumm. Zum letztenmal hatten sie geläutet zum Weihnachtsfest nach der Nördlinger Schlacht. Dann schwiegen sie, daß nicht die Mordbuben herbeigelockt würden.

Und jetzt schlugen sie wieder zusammen!

„Was macht so?“ fragten die Kinder.

„Es läutet“, sagten die Alten. „Stehet auf, Kinder, 's ist Fried' im Land!“

„Wer ist der Fried'?“ fragten die Kinder, „nimmt uns der Fried' die Geiß weg, und schlagt er uns den Vater blutig?“

„Schweigt, Kinder, und zieht euch an und betet!“

„Tut der Fried' so sausen?“ fragten die Kinder furchtsam. Aber die Mutter gab ihnen fürder keine Antwort. Da fingen sie an zu weinen und verkrochen sich, ein jedes in sein bekanntes Verstecklein, und lauschten angstvoll dem fremden Getön.

Übel klangen die Glocken. Die große war zersprungen. Gleich am Anfang des Krieges hatten die Mansfelder sie und die mittlere, die nicht mehr da war, zum Turm hinabgeworfen und mitgeschleppt. Die große fand man später im Wald. Aber auch so klang es den Alten wie Himmelsgeläute.

Und doch war keine rechte Freude. Das Andenken an das erlittene Elend stand grausig auf. Jeder gedachte seines Verlustes, und die vielen Wunden der Seelen bluteten alle zusammen. Starr sahen sich die Leute an, verstört standen sie auf der Gasse umher. Aber niemand zweifelte an der Wahrheit der Botschaft. –

Von zwei Männern gestützt, kam der alte Pfarrer die Straße herab. „Die Lore geht zum Nachtmahl“, sagten sich die Leute. Viele schlossen sich an. Der Zug ging nach dem letzten Haus.

Der Pfarrer trat mit dem Nachtwächter und dem ältesten Sohn des Schulmeisters in die Stube der Sterbenden. Ein Span wurde angezündet und an der Wand befestigt. Der Sigrist bereitete das Nachtmahltischlein am Bette der Kranken. Der Pfarrer beugte sich nieder, und wie ein starkes Geräusch keuchten die klanglosen Worte: „Es ist Friede; wollt Ihr jetzt zum Nachtmahl?“

Da suchte die Frau angstvoll mit den Augen und tastete auf der Bettdecke herum. „Wollt Ihr?“ wiederholte der Pfarrer. „Seht, Ihr müßt sterben.“

Die Greisin riß die Augen auf und sah den Pfarrer starr an. „Wo ist das Salzfaß?“ flüsterte sie. Der Nachtwächter sagte: „Sie ist irr.“ Da trat ein harter, verschlossener Zug auf das Antlitz der Sterbenden. „Ich will –“, stöhnte sie. „Was wollt Ihr, Mutter?“ fragte der Sohn und nahm sie in den Arm. „Ich will *so* sterben“, hauchte sie und deutete mit der Hand nach der Mauer. „Sie will der Wand zu sterben“, sagte der Sohn.

In diesem Augenblick ging die Tür auf. Ein Haufen Männer stand draußen. „Sachte, langsam!“ riefen sie sich zu, und halb führten, halb trugen sie den Enkelsohn der Sterbenden herein. Die Kleider hingen ihm in blutigen Fetzen vom Leib, die Brust war eine Lache, aus der es dick und schwarz herausquoll. Die Männer wollten ihn in die Kammer bringen, aber mit starrem Blick sah der Todwunde nach der Großmutter Bett, und seine wankenden Beine strebten dorthin. So leiteten ihn die Männer, wohin er wollte. Er sank nieder auf das Bett, so daß es über und über mit Blut besudelt ward. Er tastete nach der Hand, und als er sie gefunden hatte, drückte er ein Ding hinein, das seine Faust krampfhaft umschlossen gehalten hatte. „Da, Altmutter, da“, murmelte er, „Euer Patenkind läßt Euch grüßen und Euch sagen, es sei Fried’ im Land. Da ist das Salzfaß zum Zeugnis der Wahrheit.“

Das Pfand war ihm entfallen im Kampf mit dem Untier. Darum war er nochmals zurückgekehrt. Darüber waren ihm die Wunden, die er mit Moos zugestopft hatte, aufgebrochen.

Die Sterbende betastete das Salzfaß. Da leuchtete es in ihrem Antlitz auf. „Gott sei Dank“, flüsterte sie, „Friede, Friede.“

„Sie stirbt ohne Nachtmahl“, rief der Sigrist.

„Sie feiert es droben“, hauchte der Pfarrer. „Küßt Eure Mutter noch einmal“, raunte er dem Nachtwächter zu, „und macht Euch bereit, von Euerm Sohn Abschied zu nehmen! Ihr bringt dem Frieden ein schweres Opfer."

Sie legten den Burschen sacht auf den Boden. Frauen wuschen ihm die Wunden. Der Vater legte sich neben ihn nieder und sah ihm in die brennenden Augen.

„Wie lieblich sind auf den Bergen die Füße der Boten, die den Frieden verkünden!" raunte der Pfarrer. Da versagte ihm die Stimme. Er hatte den Buben mit den trotzigen blauen Augen liebgehabt. Der Todeskampf begann. Der Vater hielt seinen Sohn umschlungen. Derweilen füllte sich die Stube mit Männern und Frauen. Der Kampf war nicht schwer. Jetzt war es aus. Die Weiber fingen an zu weinen. Der Pfarrer kniete nieder. Da schwiegen alle und knieten gleichfalls. Nur der Nachtwächter blieb an der Seite seines Sohnes liegen.

Der Pfarrer hub an: „Ehre sei Gott in der Höhe –"

Ein Schauer durchlief die Versammlung. Er hatte mit lauter Stimme gesprochen. Der Pfarrer selbst hielt entsetzt inne. Er mochte sich fürchten, von neuem zu beginnen. Endlich fuhr er fort. Erschütternd, gleich dem Glockengeläute, aber rein und klangvoll schallte es durch die Stube: „ – und Friede auf Erden und den Menschen ein Wohlgefallen!"

Die Freiburger Engel

Walter Franke

Alles Werk an den Figuren der Engel war vollendet. Erhaben, in strahlender Reine und innigem Ernst standen sie im verdämmernden Licht der Bauhütte. Der blinde Stein war ein einziger Glanz aus Innen geworden, ein Loblied Gottes aus der Seele des Menschen.

Es war in der Weihnachtszeit, und als Verkündiger des geheimnisvollen Advenire hatte der Rat der Stadt die Engel weihen lassen wollen, zugleich auch zum ersten Ruhm für den jungen Meister, der im Bildnis der Posaunenengel Zeugnis seiner aufblühenden Könnerschaft geleistet hatte. Der aber lag todkrank, und mit dem verlöschenden Jahr wurde es immer gewisser, daß es mit ihm zu Ende ging. Das Fieber zehrte ihn auf wie die Flamme den Docht.

Bleich fiel das Schneelicht des Winterabends in die Krankenstube und wurde noch fahler an den gekalkten Wänden. Der Steinmetz tastete mit heißer Hand über das Linnen der Bezüge, behutsam und zart wie über die Rundungen einer Rose. Die Weichheit der Linien von Fittichen, Wange und Haar schwangen in seinen Händen wie Musik, von aller Schwere gelöst, als wollte er aus viel zarteren und reineren Stoffen die Engelsbilder noch einmal formen.

Da knarrte die Tür, der Kranke hob sich jäh aus den Kissen, als er in dem Eintretenden den Dombaumeister erkannte. Doch ehe er ihn zu begrüßen vermochte, verschloß ihm der Besucher sanft den Mund und legte etwas, das im Mondlicht hell aufschimmerte, in die gebreiteten Hände des Kranken. Der heftete überrascht seine Blicke darauf: Es war das Modell des Münsterbaus, getreu und sorgfältig nachgebildet, und die Gewände bevölkert mit Aposteln, Heiligen und Helden; auch die klugen und törichten Jungfrauen standen in steinerner Ruhe auf ihren Gesimsen, und wie aus schmelzendem Wachs getrieben wuchs die andächtige Zierlichkeit des Turmes empor.

Der Kranke sah mit Tränen der Freude auf das Wunder in seiner Hand. Man müsse den Platz ausfinden für die Engelfiguren, erklärte der Baumeister ruhigen Tons und verhehlte die liebevolle Absicht, dem Todesnahen eine letzte Weihnachtsfreude zu schenken. „Ich mache Euch einen Vorschlag", fuhr er fort. „Eure Engel sind so überaus schön geraten, daß wir sie allen Augen nahe sichtbar aufstellen wollen. Jeder Bürger soll sich täglich daran freuen und erbauen können, Gott zum Preis und Euch zur Ehr'."

Der Steinmetz wandte verneinend den Kopf. „Habt Dank, Ihr meint es gut“, entgegnete er bescheiden, „aber es ist wider den Engelsgeist. Sie müssen hoch in den Lüften sein und schweben zwischen Erd' und Himmel als die immerwährenden Verkünder. Und müssen es allem Lebendigen zujubeln, der Stadt und über das weite Land hin, den Vögeln, den Wolken und den Sternen: Heut' ist Euch der Heiland geboren. Darum stellt die Engel hoch droben am Turme auf.“ Der Baumeister wollte den frommen Einwand nicht gelten lassen: „Droben in der Höh' kann sie kein Aug' erblicken. Und wenn die Leute drunten auf dem Münsterplatz an Markttagen feilschen, fällt es keinem ein, hinaufzuschauen und die Engel zu suchen. Es ist dann gerad' so, als wären sie gar nicht da und Eure Kunst vergebens.“ Der Steinmetz lächelte: „Um meine Kunst sorgt Euch nicht. Was ich dazu getan hab', war bescheidenes Handwerk, das übrige hat ein anderer gegeben. Darum kann mein Werk nie vergebens werden.“

Ja, in allen Räumen und an jeder Stelle rühme die Schöpfung den Herrn, die verborgene Waldblume wie das weitstrahlende Gestirn; und die weiße Hand des Kranken hob sich zum Fenstergeviert hinüber, wo der Abendstern im zarten Blau des Nachthimmels aufblühte. Mit matter Stimme bat er, aber inbrünstig noch im leisen Hauch des fliehenden Atems: „Erlaubt, lieber Meister, daß meine Engel an einer fernen Stelle, dem Irdischen entrückt, demütig dem Allerhöchsten dienen . . .“ „. . . und den Menschen, die eines guten Willens sind“, sprach der Baumeister ergriffen zu Ende. Denn er wurde es inne: Die Verkündigung erreicht nur die, welche bereit dafür sind offenen Herzens.

Und die den Turm besteigen wollen, auf den steinernen Stufen der Mühsal und denen der lauteren Sehnsucht, damit sie ihrem Engel begegnen.

Darum ward der Wunsch des sterbenden Künstlers erfüllt, und seine Engel rufen seit Jahrhunderten hoch von den Fialen des Freiburger Münsters in die irdische Welt herab ihr feierliches, unvergängliches, beglückendes Advenire.

Bescherung im alten Schloß

Eine Geschichte um Annette v. Droste-Hülshoff

Walter Persich

Über den winkligen Gassen des kleinen Schwabenstädtchens Meersburg mit seinen windschiefen Häusern und dem gewichtigen Tor schimmert in der blitzscharfen Luft des Winters von 1841 das verwitterte Schloß. Es hat seine Rolle in der deutschen Geschichte gespielt. Konradin von Staufen begann von hier aus seinen Zug nach Italien im Jahre 1266, Jahrhunderte hindurch war es das Heim der Bischöfe von Konstanz.

Die Welt scheint in diesen Jahren stiller geworden. Sie hat viel geschaffen, erdacht und gearbeitet. Das Zeitalter der Erfindungen hat das Zeitalter der Kriege abgelöst, und die Meersburger Bürgersleute blicken mit anderen Augen als früher zu der Bastei hinauf; als früher, da ihr Schicksal von einem Worte im alten Schlosse abhängen konnte. Der Freiherr von Laßberg, taub beinahe und verwühlt in seine gewaltige Bibliothek, treibt dort oben, abgeschieden von aller Welt, seine germanistischen Studien. Ihm zur Seite lebt die viel, viel jüngere Frau Jenny, eine geborene von Droste-Hülshoff aus dem Münsterlande, deren Sprache den Menschen hierorts so herb erscheint wie ihr Wesen. Dann gibt es dort oben noch den wendigen, ein wenig neugierigen und sehr herrenhaften Bibliothekar Schücking. Und ein seltsames und zauberisches kleines Frauenwesen mit überirdisch großen, wie in Porzellan gemalten Augen, mit fliehenden, schnellen Bewegungen und einem wundersamen Glanz in der kleinen Stimme, die so gern zu allen Leuten auf den Straßen und dem Markt spricht. Sie lächelt wie eine Madonna zu den Sorgen der Menschen, reicht die Hand, sagt einen kurzen, guten Rat, und jeder ist getröstet.

Es ist ein silberner Weihnachtsnachmittag, der jetzt dunkler und dunkler wird. Der Nachtwächter putzt in der Remise schon seine Laterne, der Choral schallt aus der kleinen Kirche hinaus in den Abend, warm und gelb blinken festliche Stubenfenster, und Bratendüfte ziehen über Giebel und Firste hinweg in die Nasen der kleinen Engel im All, die neugierig das schöne Treiben auf Erden betrachten und sich freuen, daß es einen Tag in der Welt gibt, der auch Gott eine reine Freude bringt und den Menschen ein Wohlgefallen . . .

Auf der Meersburg gibt es heute fast noch weniger Geräusche

als an anderen Tagen. Freiherr von Laßberg sitzt neben der Lampe an seinem Arbeitstisch in der Bibliothek und sucht in vergilbten Büchern altdeutsche Lieder. Der junge Bibliothekar Schükking hat sich in den Katalogwinkel des getäfelten Raums zurückgezogen. Auch seine Feder kratzt auf dem Papier – er schreibt einen Brief an die Kölnische Zeitung, um ihr eine kleine Novelle zu schicken, in der es sehr gruselig zugeht. So wird es immer abendlicher, und dieser Tag scheint wie alle anderen.

Nur im Turmzimmer ist es rege. Dort huschen leichte Füße über den Boden, dort flüstern Frauenstimmen, dort knistert Papier und werden geheimnisvolle Vorbereitungen getroffen – und nun knarrt die Stiege unter einem schwebenden Schritt. Es ist die Droste, die kleine dichtende Schwägerin des Freiherrn. Sie eilt lustig in die Halle.

„August!" flüstert sie . . . „pscht? Alles fertig?"

Im Halbdunkel hantiert ein gebückter Mann an einem ragenden dunklen Schatten, einem fremden Duft.

„Jawohl, Fräulein – wir können gleich beginnen!"

„Warte noch ein paar Minuten, ja? Reichen die Kerzen?"

Schon ist sie wieder hinausgehuscht, läuft sie über den Schloßhof zu Fasser, dem Türhüter, der sein Guckfenster aufzieht und ihr wortlos einige Pakete reicht.

Sie streicht kindlich seine rauhe Hand wie zum Dank, schenkt ihm ihr kleines Lächeln und sagt in Eile: „Macht nur das Fenster zu, Fasser! Heute, am Christabend, wird doch niemand mehr sich melden – und wenn ich drinnen läuten lasse, wird Er mit seiner Frau antreten, verstanden?"

Das Fräulein – denkt er, schüttelt den grauen Kopf –, das Fräulein! Immer noch wie ein Kind – und dabei so reizend und behend! Aber gemütlich schließt er seinen Platz ab, prüft noch einmal die Riegel des Tores und marschiert hinüber zum Gebäude.

Die Droste ruft schon im Eingang dem Diener zu: „Kerzen anzünden, August! Es ist soweit!" und als es geschehen, drückt sie dem Diener die Tischglocke in die Hand, hat sie schon auf dem Tisch neben dem prangenden Baum ihre Pakete ausgeschüttet und steht sie bei seinem Geläut mit gefalteten Händen starr wie eine geschnitzte Heiligenfigur.

Erstaunt poltert der Freiherr die Treppe herab. Hinter ihm, im gebührenden Abstand mit neugierigen Augen, kommt Schükking. Annettes Schwester, eingeweiht in den heimlichen Plan, ordnet schnell noch selbst das Silber auf dem gedeckten Tische – und hinter Laßbergs breitem Rücken stehen nun die Bedienten:

der Alte vom Einlaß mit seiner Frau, die Magd, August, der Knecht.

„Was ist . . ." sagt Laßberg rauh . . . „Welch ein Firlefanz . . ."

Doch bleibt ihm jedes weitere Wort in der Kehle stecken. Die tönende, schmeichelnde Stimme seiner Schwägerin Annette beginnt mit der Weihnachtsgeschichte aus der Heiligen Schrift, der schönsten Geschichte, die je ein Dichter ersann . . . „Kaiser Augustus sandte ein Gebot aus . . .", und während sie weiterspricht, zwingt die feierliche Schönheit ihrer Sprache, das Leuchten über ihrem leicht geneigten Haupte auch den poltrigen alten Freiherrn, die Hände zu falten, wie es seine Diener und seine Gattin taten, und selbst Schückings ironisches Lächeln verliert sich wie fortgewischt aus seinem Antlitz. „Denn siehe, ich verkündige euch große Freude . . .", spricht Annette von Droste-Hülshoff unbeirrt zu Ende, und es wird Weihnachten in der Meersburg. Nach einem kleinen Schweigen winkt sie jeden einzeln heran. Nun kommt es heraus, was sie in diesen Wochen so viel im Städtchen bei den Kaufleuten und Händlern zu tun hatte. Fasser bekommt eine wollene Jacke für seinen Torwalterdienst. Seine Frau knickst mit Tränen in den Augen, als Annette ihr ein schönes buntes Umschlagetuch reicht. Für August ist eine neue Pfeife da, für den Freiherrn ein seltenes Buch, das sie aus Stuttgart hatte kommen lassen.

Als letzter ist Schücking noch. Er hat sich dem fröhlichen Schenken abseits gehalten – als Bibliothekar weilt er erst wenige Wochen im Hause. Eigentlich ist es ihm ein wenig peinlich, Zeuge der Familienfeier zu sein, und schon will er sich zurückziehen, als Annette ihn ruft: „Für Sie, Herr Schücking, habe ich, damit sie uns nicht bei den heftigen Winden um Meersburg über kalte Füße zu klagen brauchen – ich habe meine Feder der ersten besten Gans an die Flügel gesteckt, meine blauen Strümpfe ausgezogen und ganz ordinärweg ein Paar Pantoffeln gestickt. Sie sollen Ihnen beweisen, daß ich nicht nur nutzlose Gedichte schreiben kann . . ."

Lachend nimmt auch Schücking die Gabe. Er beugt sich galant über ihre weißschimmernde Hand mit dem durchscheinenden Geäder.

„Sogar mein Namenszug ist darin! L. S., wie ich sehe . . ."

„Nicht wahr? Und auf dem zweiten Pantoffel zur Erinnerung an Meersburg der meine: A. D. Sonst würden Sie gar gleich die Spenderin der mütterlichen Gabe vergessen . . ."

„Keinesfalls!" kann Schücking sich nicht enthalten zu erwidern. „Nur – ich gesteh's, dieses A. D. erinnerte mich im ersten

Augenblick an meinen möglichen Abschied. Klingt es nicht wie ade? Und wenn die Bibliothek geordnet ist . . ."

„Zu Tisch!" unterbricht die Schloßherrin das Gespräch. „Nach dieser erhebenden schönen Stunde darf man auch der guten nahrhaften Dinge nicht vergessen. Der Freiherr hat sich sogar, wie ich sehe, entschlossen, August in den Keller zu schicken, und eine der angestaubtesten Rotweinflaschen heraufholen zu lassen . . ."

Laßberg liest den Menschen mehr vom Munde ab, was sie sprechen, als daß er's hört. Er verzieht sein Gesicht zu einer für seine Begriffe und Art großen Freundlichkeit.

„Ja, ja, Schwägerin, so zwingen Sie mit Ihrem herzlichen Glauben und Kindersinn gar noch den früheren fürstenbergischen Regierungsdirektor, die Weihnacht zu feiern! Da ist man nun bald an die Siebzig heran und lernt, daß alle Schönheit des Lebens, und am wenigsten die stille, sich nie ganz auskosten lassen wird."

Annette lächelt zu ihm herüber und strengt sich an, laut genug zu sprechen: „Das ist schon wieder ein beinahe heidnisches Bekenntnis! Doch ich bin glücklich, meinen Herrn Schwager nicht erzürnt zu sehen ob meines eigenmächtigen Arrangements, das einem gastfrei Aufgenommenen wie mir nicht zusteht!"

Laßberg hebt das Glas.

„Zürnen? Gewiß – ich hatte die Absicht. Sie ist mir gründlich vergangen vor Ihren schönen Augen, Schwägerin. Und jetzt bin ich's, der um Entschuldigung bittet: im Gelehrtenwinkel vergißt man gar zu leicht das Leben. Und das Leben, das scheint mir der wahrhaftigste Dank an die Göttlichkeit! Ihr Wohl, kleine schöne Schwägerin!"

Die Gläser klingen aneinander, auch Schücking hat sich erhoben, und sein Blick trifft den Annettes. Er erschrickt vor dem innigen Feuer, welches ihm entgegenstrahlt. Er fühlt etwas Geheimnisvolles aus diesem Menschen sich um sein Herz weben, und er wehrt sich mit all seinem Willen dagegen.

„Heute hat Annette ganz gewonnen!" sagt ihre Schwester zärtlich. Sie drückt einen Kuß auf die edle Stirn ihres Lieblings. „Ich bin so froh, daß nun auch der Freiherr beginnt, sie ganz kennen und schätzen zu lernen!"

Laßberg hat die Bewegungen ihrer Lippen genau verfolgt. Jetzt lacht er gemütlich.

„Bei mir, der Burgruine, wie mich das Volk im Städtchen nennt, hatte sie vom Tage ihres Erscheinens gewonnen!" Er wischt den Mund mit dem Leinentuch und schmunzelt. Jetzt mußte etwas Besonderes kommen – und es kommt auch. „Aber die Wette mit Schücking wird sie verlieren! Nicht wahr, Herr

Bibliothekar, erzählten Sie nicht, Annette habe zugesagt, in einem Winter einen ganzen Gedichtband zu schreiben? Ja, ja, die Jugend besiegt man schwerer als das Alter!"

Schücking wird verlegen. In Annettes Wangen schießt eine plötzliche Röte. Sind die Worte des Alten nicht beinahe doppelsinnig? Schnell, schnell einen Ausweg, damit niemand am Tisch merkt, wie sie des Freiherrn Rede empfunden!

„Oh, wenn es nur das ist!" lachte sie, Fassung erkämpfend. „Herr Schücking wird die Wette verlieren. Denn zwei Gedichte habe ich von gestern auf heute schon geschrieben!"

„Das müssen wir hören!" ruft Schücking übermütig.

„Ich weiß nicht", will Annette ausweichen. „Ob an diesem Abend . . ."

„Doch!" drängt nun auch die Schwester. „Sonst könnte ja Herr Schücking immer noch glauben, die Wette gewonnen zu haben!"

„Gut", so nimmt Annette aus ihrem Handtäschchen zwei beschriebene Blätter, und man lauscht ihrem gedämpften Vortrag, der ihre zitternde, suchende und in allem Mühen so große Seele enthüllt. Das zweite Gedicht klingt aus:

„Sieh her, nicht eine Hand dir nur,
ich reiche beide dir entgegen,
zum Leiten auf verlor'ner Spur,
zum Liebespenden und zum Segen.
Nur ehre ihn, der angefacht
das Lebenslicht an meiner Wiege,
nimm mich, wie Gott mich hat gemacht,
und leih mir keine fremden Züge!"

Es ist ein langes Schweigen in der kleinen Runde, während die Kerzen nach und nach verflackern. Schücking steht auf, die zuletzt verglimmenden auszublasen. Ihm hat sich etwas von der inneren Bewegung Annettes mitgeteilt. Er muß wohl spüren, wie es um sie steht, wie sie seine mehr tändelnden, spielerischen Bemühungen der letzten Wochen, ihr Vertrauen und ihre Zuneigung zu gewinnen, aufgenommen hat. In diesem Augenblick wird ihm bewußt, daß er ein gefährliches Spiel treibt – er, der junge, selbstsichere, weltgewandte Plauderer hat nicht eine Frau erobert – darum war es ihm zu tun –, eine Seele ist ihm ganz verfallen.

„Nun, Herr Bibliothekar!" poltert der Freiherr fröhlich los. „Da haben Sie's! Meine Schwägerin ist Ihnen doch überlegen – nicht allein, scheint mir, im Gedichte machen. Ihre Meisterschaft auf diesem Gebiet sollten sie anerkennen. Aber auch ihre Erfahrung ist reifer als die Ihre – der Sie noch ein ganzes Leben des Lernens und Planens vor sich haben . . ."

Um irgend etwas zu sagen, erwidert Schücking verlegen: „Ich beuge mich und bekenne mich geschlagen! Die siebzehn Jahre, die ich jünger bin als Fräulein von Droste . . .", er beißt sich auf die Lippen und beendet den Satz nicht. Erst jetzt merkt er, was er eben ausgesprochen, welche Kluft er aufgerissen hat, und wendet sich schnell nochmals dem Baum zu.

„Ich bin wirklich müde", sagt Annette mit verkrampftem Lächeln. „Der Tag hat doch viele Spannungen gebracht. Gute Nacht, liebe Schwester, gute Nacht, Schwager. Gute Nacht, Herr Schücking!"

Auch er verbeugt sich und nimmt nochmals ihre Hand.

„Verzeihen Sie mir . . . ich muß mich erst daran gewöhnen, ein junger Taps zu sein und von Ihnen Herzensbildung zu lernen . . ."

Die Droste blickt wägend und warm zugleich in seine ehrgeizig und auch jetzt noch etwas kühl funkelnden Augen. Um ihren herben Mund huscht wieder jenes kleine Lächeln, das in seltenen Augenblicken ihr länglich gezeichnetes Antlitz zu dem einer Madonna macht.

„Ich sollte Ihnen etwas zu vergeben haben? Nein, Schücking . . ." zum erstenmal läßt sie das „Herr" mit Bewußtsein fort aus der hemmenden Anrede. „Ich danke Ihnen. Ich hatte heute ganz vergessen, daß ich eine kranke Frau bin. Aber ehe mein Leben zu Ende geht, muß ich gelernt haben, daß es für mich noch eine große Aufgabe im Leben geben wird. Die Aufgabe, Ihnen eine zweite Mutter zu werden. Ich bin wohl schon auf dem Wege dazu, denn seit heute verstehe ich Sie ganz, mein Lieber. Gute Nacht – und morgen wollen wir fröhlich erwachen!"

Selbst der fast taube Freiherr spürt, ohne die Worte zu verstehen, das Schicksal dieser Szene. Seine Frau blickt der hinausgehenden Schwester liebevoll nach. Arme, stolze, wundervolle Annette! denkt sie. Und Schücking sitzt traumverloren in einem Sessel neben dem harzigen Weihnachtsbaum und sinnt und sinnt . . .

Sein Schicksal vollendet sich – und auch das Annettes.

An diesem Weihnachtsabend des Jahres 1841, da sie ihre große Liebe und ihre große Entsagung zugleich fand, beginnt jene einzigartige Freundschaft zwischen ihr und Schücking, für die es in der Welt nie ein Beispiel gab. Jene Freundschaft, die Annettes Herz so reich machte, weil sie es ganz und ohne Gegengabe opferte.

Die Krippe

Aloys Schreiber

Kumm, i will der d' Krippe zeige,
Siehsch se do in Schnee un Wind?
Der, vor dem si d' Himmel neige,
Isch iez armer Lüte Kind.

D' Muetter möcht e' gern bedecke,
D' Johrzit isch gar herb un rau,
Aber 's fehlt in alle Ecke,
Und 's isch so e liebe Frau.

D' Windle reiche blutte blösli,
De mer sieht em d' Füesle no;
Wie im Dornbusch 's Maierösli,
Lit er in der Krippe do.

Guek, der Ochs un Esel ehre
Den, der ihne 's Lebe git,
D' Tier erkenne ihren Herre,
Nu der Mensch erkennt e' nit.

Dort der Engel het guet singe,
(Un si Wort isch g'wis kei Lüeg),
Daß er wöll de Friede bringe,
D' Mensche wön jo numme Krieg!

Aber d' Hirtekinder kumme
Mit de Gobe us der Fern,
Sie nu hen de Ruef vernumme,
's Kindel het sis gliche gern.

Guek, wies Meidele so munter
's Körbel mit de Eier treit,
's Büeble zieht si Käpple runter
's weiß wohl, was dem d' Muetter gseit.

Wihnachtäpfel bringts un Trübel,
's het s'e in der Mutti g'han,
Un e' gmäli Ringeltübel,
's hängt em gwis si Herzel dran.

Aber's Kindle kan nur freue,
Was mer us em Herze git.
Solle mer es Blume streue,
Wenns für uns uf Dorne lit?

Mettengang im Gebirge

Richard Gäng

Eine wüste, windige Nacht, eine wirre, großfleckige Schwärze, darin die Bergwände, die tiefziehenden Wolken, das großdachige Nachbarhaus, die krummen Äste der kahlen Obstbäume dunkel in dunkel verflossen, umfing die fünf Menschen, als sie aus der Tür ihres Hofes traten. Märzluft, Vorlenzwärme, Gelöstheit, Aufbruch erfüllte und beunruhigte das Land trotz der Weihnachtstage. Seit drei Tagen schon regnete es, wehte sprunghaft und besinnungsraubend ein Föhn, schmolz die tiefe Schneedecke zusammen. An manchen Stellen war die weiße Flockenmasse wieder verschwunden, und apere Plätze, nackte Erdflecken, glotzten dunkel, fremd und gespenstisch wie gestorbene Menschen, die wieder in die Wirklichkeit treten, ins leere Land. Schauspiel der Elemente. Hinter der großklecksigen Finsternis atmete ein geheimnisvolles Leben. Barg es schon Hoffnung? Neue Gefahr?

Verkehrtes Wetter! Übermenschliche Zeit!

Nichts vermochte die Kirchgänger zu beirren oder abzuhalten. Mit dunklem Schlaf in den Gliedern, aber doch voll heller Zuversicht, schritten sie im Eis und Schnee der Straße schweigend dahin. Jeder achtete nur auf die Pfützen und Eisklumpen, um ihnen auszuweichen, auf die beiden Lichtscheiben der zwei mitgetragenen Laternen, auf diese hellen, hilfreichen Kreise, die zwar flink und wachsam, aber nur unbedeutend und ängstlich wie junge Hunde um ihre Füße huschten, magische Abbilder ihrer von Glauben strahlenden Herzen.

Als sie um eine Bergnase bogen, leuchtete von einem Bühl herab aus dem Lehnwiesenhof heraus die ans Fenster gerückte, silbern getupfte Pyramide eines brennenden Christbaumes. Dieser flammende Wegweiser stand in der winterlichen Beschwernis wie ein festlicher Bote, spendete wie ein himmlischer Herold Trost und Verheißung.

Hier bogen die beiden Gebirgszüge auseinander, bildeten einen Kessel, und die nächtlichen Wanderer verließen die Straße, um auf einem Pfad die große, ebene Wiese und damit das Tal zu überqueren. Auf dieser Matte breitete sich die weiße Schneedecke noch geschlossen aus, und nur etliche dunkle Maulwurfshaufen unterbrachen sie, Tintenspritzern auf weißem Papier gleichend und an ein unterirdisches, geheimnisvolles Leben gemahnend. Leichteren Fußes, hintereinander schritten die Wanderer dahin, sich ein wenig Zeit lassend, denn man gehörte zu den ersten und vordersten. Bald blinkten ihnen vom untern Saum der jenseitigen Bergwand her die beleuchteten Fenster des Dorfes wie goldene Glieder einer funkelnden, langen, unregelmäßigen Kette entgegen. Den größten, hellsten und ziemlich in der Mitte gelegenen Scheiben, der Kirche, pendelten auf der Ebene und hüpften über die Halden herab und aus der Tiefe der Seitentäler und Dobel hervor viele einzelne und in Gruppen gesammelte, nicht minder helle Funken zu, kriechenden und fliegenden Glühwürmchen gleichend; ein bergeweites Abbild der in der Dunkelheit des irdischen Daseins mit Gläubigkeit aufgebrochenen Gebirgsmenschen.

In dieses von unsichtbaren Fäden geleitete Leben erhob nun der Fluß seine einförmige, aber rasch lauter und endlich drohend werdende Urwaldstimme. Jetzt erreichten die Mettengänger die Uferbüsche, schlüpften zwischen ihnen hindurch und sahen die breiten, bis an die Böschung hinauf gestiegenen Fluten vor ihren Füßen dahinrasen. Die idyllische Alb, im Sommer vertümpelt, den Kindern oft ein Spielplatz, war zum wütenden Strom mit rasenden Strudeln, zu einem Naturereignis, lustiges Jungwölflein zur Bestie, eine liebe Gewohnheit zur tödlichen Gefahr geworden.

Und dann dieser Steg! Zwei Reihen paralleler Stangen mit nur ellenlangen Brettern quer übernagelt, behelfsmäßig und geländerlos hergestellt, spannte er sich halsbrecherisch, in der Mitte fast auf den Fluten aufliegend, hinüber zum andern, jetzt im Dunkeln soeben noch erkennbaren Ufer. Seine Zerbrechlichkeit wurde dadurch bestätigt, daß man ihn mit langen Fuhrmannsketten an eine dicke Erle gefesselt hatte, ihn, falls er zerbräche, am Davonschwimmen zu hindern. Dieser Bretterpfad diente nicht als öffentlicher Übergang, ja ein Schild warnte vor seiner Benützung, und die hier in diesem abgelegenen Zinken angesiedelten Hofbesitzer hatten ihn in eigener Verantwortung hergestellt und angebracht, um sich den stundenweiten Umweg über die eiserne Brücke zu sparen. Wenn jetzt der stärkste und erfahrenste Mann der Gruppe, der Bauer, einige Schritte auf ihm wagte, so nur deshalb, weil er von ruhigen Zeiten her wußte, daß der Steg trug.

Seine Frau flehte ihn an, die Gefahr nicht heraufzubeschwören, bat, warnte und nahm die zwei Kinder, die dem Vater schon folgen wollten, die zehnjährige Rike und den etwas älteren Knaben, bei der Hand, sie heftig ermahnend, den Steg nicht zu betreten. Der Vater aber, der in diesem Flecken aufgewachsen, Fische und Frösche gefangen, gebadet und geschwommen, Sand und Kies geschöpft und den Steg schon unter gefährlichen Umständen überschritten hatte, ließ sich nicht überzeugen und setzte den Weg vorsichtig fort, zumal auch der Knecht, der fünfte der Schicksalsgemeinschaft, meinte, wenn man die Schuhe sorgfältig vom Eis und Schnee reinige, könne das Wagnis gelingen. So schlurfte der Mann ins Dunkle dahin, die Lampe weit vor sich über den Steg haltend, um eine Gefahr früh erkennen zu können, während die Mutter in allen Ängsten zu Gott flehte, die Kinder an sich preßte, die aber des Vaters Ruhe und Sicherheit als eine Selbstverständlichkeit hinnahmen.

Ach, der Mann mußte hinüber! Hinter jenen großen, hellen Fenstern wartete nicht nur die festliche Gemeinde, harrten nicht nur die Verwandten, Freunde, Bekannten, das Neugeborene dieser Nacht zu verehren, dorthin drängte das sehnsuchtsvolle Herz, das immer wägt, wagt und nach Wundern ausschaut. Solche Gläubigkeit ist eine Urkraft der Menschheitsgeschichte. Sie wirkt um so ungestümer, je härter sich der Alltag gibt. Und wo findet er sich zermürbender als in einem einsamen, kargen Gebirgsdorf? Hier, in den Ungestalten der Natur, in der Verlassenheit und Stille, ist das Weihnachtsfest, der Tag des größten Wunders, erlebnisträchtiger und reicher an Gnaden als an einem andern Ort der Erde. So glich dieser Steg einer Brücke von der Wirklichkeit in ein Traumland, über Schluchten und Strudel hinweg. Er mußte betreten werden.

Jetzt erkannte der Erkundungsgänger, und die Zurückgebliebenen bemerkten es ebenfalls, daß der Steg in seiner ganzen Länge stromauf- und -abwärts schwankte. Die Gattin rief ihren Mann flehender zurück. Vergeblich! Er war entschlossen. In der Mitte tauchte das Brücklein unter seinem Gewicht so tief ein, daß das Wasser über die Bretter wellte. Der Bauer prüfte noch sorgsam die zweite Hälfte seines Wegleins auf Besonderheiten und kehrte um, als er keine erspähte, den Knecht hinüberzugeleiten.

Vor dem Wagnis ermahnte er ihn, nie aufs Fließende, immer stier geradeaus auf einen Punkt in Augenhöhe am festen Ufer zu blicken. Mit ausgestreckten Armen sich die Hände reichend, jeder in der freien Hand eine Laterne, der Knecht voran, trippelten sie davon.

Die ersten vier Personen kamen, von nassen Füßen und Erregungen, die durch einige Abenteuer verursacht wurden, abgesehen, wohlbehalten hinüber. Oh, diese unerwarteten Gefahren! Als Bauer und Knecht sich in der Mitte des handtief eintauchenden Steges befanden, schoß eine geschälte Tanne, das dicke, wurzelgeweitete Ende voraus, gegen das Brücklein, bog es, hob es, durchbrach es aber nicht, legte sich vielmehr, gleich einem Uhrzeiger auf des Wassers Oberfläche eine Schwenkung von einem Viertelkreis ausführend, dicht an die Stangen und verhielt sich hier, den Brettersteig noch festigend, völlig ruhig. Erst als der Vater sich auf einen neuen Gang mit dem Knaben – er geleitete jeden einzelnen seiner Lieben selbst – auf dem Steg befand, begann der Stamm zu revoltieren, zu drücken, zu hebeln. Die zwei Wagemutigen kamen kaum noch voran. Schließlich preßte sich das gewaltige Holz unter das Brücklein, hob es schief und blieb da liegen. Man konnte nicht mehr weitergehen, man wäre abgerutscht. Der Mann gab die Laterne dem Sohn, kniete nieder, hielt sich mit beiden Händen am schwankenden Boden fest, sich selbst zur Sicherung und dem Knaben Halt und Lehne bietend. Während verzeifelter Minuten hielten die Zuschauer an den Ufern mehr Ängste und Qualen aus als die Gefährdeten. Der Mann nämlich parierte das Schaukeln des Bodens mit dem Verlagern seines Körpergewichtes, gab dabei dem Sohne noch Ermahnungen und ruhige Anweisungen. Plötzlich befreite sich der Stamm ohne merkliche Erschütterungen und schwamm, in die Strömung einschwenkend, davon.

Ein kleineres Abenteuer widerfuhr der zaghafteren Frau. Sie hatte sich, sogar gegen die Warnung ihres Mannes, der ihre Angst kannte, doch für die Überquerung entschieden. Die Gefahr sei, so beredete sie sich, eigentlich jedesmal nur durch einen Zufall entstanden, der geradesogut hätte ausbleiben können. Eine gute, gültige Begründung!

Damit hatte sie den Grund, warum ein Mensch einem drohenden Untergang ins Auge zu sehen vermag, im Tiefern erkannt. Ungezählte Bedrängnisse, Krankheiten und Unglücksfälle mannigfacher und von nicht vorauszusehender Art rauschen täglich mit ihren Schrecken an uns vorbei, murmeln nur verworren an unser Ohr, erschüttern uns aber nicht. Tun sie es doch einmal, so betrachten wir das als einen Zufall, als Ausnahme. Eine gütige Veranlagung bewahrt uns vor einer immerwährenden Bestürzung. Das Leben mit den vielen Drachenmäulern am Wegrand wäre sonst unerträglich. Hinzu kommt, daß sich bei den gefahrgewohnten, naturverbundenen Menschen ein stierer Mut im Augenblick der Entscheidung gewaltig erhebt.

In der Mitte des Steges angekommen, sprang ein Sturm, eine Föhnböe auf, die so wütend in die Kleider des Ehepaares griff, daß es sich aufs engste umklammern, und als sie noch heftiger blies, der Mann der Frau die Laterne übergeben, sich in die überspringenden Gischtkämme niederknien und am Holz festhalten mußte. Mutig und wortlos widerstand die Frau dem Angriff, und so jäh wie die Windflut gekommen war, flaute sie ab.

Eine einmalige, tief erwärmende Freude, daß sie den Gang gewagt, die furchtbaren Gefahren überwunden hatten, erfüllte und beseligte die vier am neuen Ufer. Wie eine liebliche Frühlingslandschaft mit blauem Himmel, Sonne und Blumen breiteten sich ihre Gefühle aus. Mit Grausen sahen sie jetzt in die häßliche Wildflut, dachten sie aber auch an den Tod des Ertrinkens, den sie hätten so leicht finden können, an einen Verzweiflungskampf im eisigen Strom, an das Fortgeschwemmtwerden in die Schluchten des Gebirges, in den Rhein, ins Meer. Waren sie nicht wie durch eine glückliche Fügung diesem schlimmen Schicksal entronnen? Durfte man es noch einmal herausfordern? Wäre man nicht frevelhaft geworden?

Unter solchen Gedanken riefen sie Rike zu, die noch der Abholung harrte, sie möge nach Hause gehen, später, bei hellem Tage, den Weg über die Brücke nehmen und den Hauptgottesdienst besuchen; er sei auch viel feierlicher, und viel mehr Leute nähmen an ihm teil. Das Mädchen fühlte sich um das nächtliche Erlebnis betrogen, von der Gemeinschaft ausgeschlossen, von den liebsten Menschen verlassen, als Schwächling gebrandmarkt, und das tut jungen Menschen so weh, daß sie keiner Vernunft mehr zugänglich sind. Rike bat, rief und flehte, und als alles nichts half, trat sie auf den Steg, den Gang allein zu wagen.

Der Vater brummte zwar böse vor sich hin: „Das ist noch eine!“, meinte aber damit doch wohl eine Tapfere, Mutige, ihm Ebenbürtige, und ging ihr sofort entgegen. Bei dieser Überquerung geschah das Furchtbare.

Die beiden näherten sich der Mitte des Steges, und die Gischtkronen griffen nach ihren Schuhen, als eine starke Woge eine sackgroße, spannendicke Eisscholle auf die Brücke vor ihre Füße hob. Wie der ewige Prügel, den das Schicksal einem zwischen die Beine wirft, manchmal auch just in dem Augenblick schleudert, wenn etwas auf des Messers Schneide steht, lag sie da, unberechnet, unverstehbar, hohnvoll, die Bosheit eines Wassermannes, ein Teufelsprodukt.

Was war nun zu tun? Der Mann leuchtete sie mit der Laterne ab, setzte einen Fuß auf sie, zog ihn aber wie von einer Schlange gebissen zurück, zumal ihn auch von drüben laute Warnrufe erreichten. Dann faßte er einen Plan. Er übergab der Tochter die Laterne mit der erneuten und eindringlichen Warnung, beim Leuchten unter keinen Umständen auf ihn oder auf die Scholle hernieder, vielmehr unverrückt drüben auf einen festen Punkt zu schauen. Nun ließ er sich auf ein Knie ins Wasser nieder und versuchte seine Kraft an dem Brocken. Bei den gehemmten Bewegungen rutschte das Eis trotz großer Anstrengungen nur um Fingerbreite weiter. Als es aber dann ins Wasser glitt und der Mann erlöst aufseufzte, schaute das Mädchen beglückt auf ihn nieder, ins reißende Wasser, und sofort, wie ein Pfeil so schnell, schoß der Verängsteten der Steg stromaufwärts mit allem, was er trug.

Das Kind schrie gellend, ließ die Laterne fallen und klammerte sich mit beiden Armen an den Vater. Dieser richtete sich auf, so schnell er konnte, drückte das Gesicht der Verängsteten gegen seine Kleider und sprach ihr gut zu. Das Mädchen, klug von Natur und empfindsam, spürte mit seinem Leibe, wie es stromauf flog, brüllte verzweifelt, markdurchdringend. Der Vater drückte es aufs innigste an sich, bestürmte es mit lieben Worten. Vergeblich! Das Kind bedrängte ihn, und er mußte gesammelt darauf Bedacht nehmen, nicht über die elende Unterlage gestoßen zu werden. Dann umhüllte er es mit seinem Mantel, um ihm das Gefühl der Geborgenheit zu verleihen. Aber es befreite seinen Kopf schnell wieder. Es wollte an dem gefahrvollen Ort nicht tatenlos bleiben, vielmehr die Gefahr kennen, ihr ins Auge sehen, ihr begegnen. Und so schaute es bewußt ins Wasser. Da flog tatsächlich der Steg mit Pfeilschnelle in die Nacht, in die endlose, grausige Schwärze hinein. Nun verlor es jeden Glauben, schrie und tobte hemmungslos. Jetzt wußte der Vater, daß nur Gewalt eine Rettung bringen konnte. Zwar flehte er noch eindringlich: „Laß mich los, ich kann sonst nicht gehen. Ich trage dich ganz sicher hinüber! Komm, leg den Arm um meinem Hals!“, aber er umschlang es dabei, um es hochzuheben, und da klammerte es sich nur fester um seine Beine. Als er ihm eine Hand aufbrach und diese von sich weghielt, damit sie nicht wieder zugreife, fühlte das Kind sich völlig verraten, der letzten Stütze beraubt, setzte Gewalt gegen Gewalt, versuchte, die Hand loszureißen und schlug mit der andern gegen den Treulosen. Und als auch die zweite Hand gefangen und umschlossen wurde, trat es mit den Füßen gegen seinen Bändiger. Dieser riß jetzt das Kind hoch. Es strampelte sofort mit beiden Beinen wild wie ein Radler, und er drückte es in seiner ganzen Länge wieder an sich, um diese Störrigkeit zu verhindern. Das Mädchen aber wand seinen geschmeidigen Körper leidenschaftlich hin und her, befreite seine Hand, kratzte und krallte wie eine Katze; ja es biß seinen Beschützer ins Gesicht, immer erbärmlicher schreiend. Es war ein unsinniger, aber bitter ernster Kampf, bei dem sich die Kleine überstark und, was den Vater am meisten gefährdete, unberechenbar gebärdete.

Menschenstrudel auf der Brücke, Wasserstrudel darunter, Gegenstand und Spiegelbild, beide, Mensch und Wasser, einst lieblich und gut, in der Leidenschaft gleich verworren und unauslotbar, beide ein Abbild des Lebens, worin oft jemand gegen eingebildete Fluten und Strömungen kämpft, Frau gegen Mann, Eltern gegen Kinder, Vorgesetzte gegen Untergebene, Liebende gegeneinander, Naturereignisse in der Brust der Menschen.

Schon verlor der Vater die Hoffnung, brach der Angstschweiß aus ihm, überlegte er, wie er in den rasenden Wogen kämpfen und schwimmen, die Tochter retten könne, da stand der Knecht neben ihm. Dieser packte hart die Hände des Kindes, und gemeinsam trugen sie die Überwältigte hinüber.

Als sie alle unter der großen Tanne standen, die Mutter die gerettete Tochter an sich gedrückt, den Schreck in den Gliedern, die Gefahr noch betrachtend und beredend, unfähig, sich vom Ort des Grausens zu lösen, fingen die Glocken der nahen Kirche an zu läuten. Wie sie das dunkle Tal mit eiligen und langen Schwüngen, mit brausenden Akkorden ihrer metallenen Zungen von Berg zu Berg erfüllten, so jubelten nun auch vielstimmig und dankbar die Herzen dieser Menschen zum Himmel. Wie von Flügeln gezogen, eilten sie dahin und genossen tiefer denn je das neu geschenkte Leben. Der Föhn polterte immer noch durch die Luft, und die Wälder rauschten ihre Urwaldmelodie. Bald aber leuchteten den Mettengängern die brennenden Kerzen, die strahlenden Christbäume, der Priester im Ornat und die Figuren in ihrem bunten Glanz durch die weitgeöffnete Kirchentüre wie der erschlossene Himmel selbst entgegen. Denn dem, der ans Wunder glaubt, erschließt es sich.

Die Christnacht des Fuhrmanns Mannhart

Franz Hirtler

Wer am Heiligen Abend aus der warmen und lichterhellen Stube einen Blick tat zum Fenster hinaus in die Nacht und die Schneeflocken vor dem Fenster tanzen sah, der fühlte sich gut aufgehoben zu Hause bei den Seinen und dachte nicht, daß um diese Stunde noch Menschen unterwegs seien auf einsamer tiefverschneiter Straße. Im Lienachtal aber hörten die Leute noch um die zehnte Stunde, wie melancholischer Schellenklang langsam vorüberzog talaufwärts. Das war der Fuhrmann Lorenz Mannhart, der mit leerem Langholzwagen von der Bahn durch Finsternis und Schneegestöber zurückfuhr und seinen müden vier Rossen erlaubte, im gemächlichen Schritt zu gehen. Nicht infolge eines menschlichen Mitgefühls schonte er die Tiere; sein Sinn war derartigen Empfindungen nicht zugänglich. Ein harter verschlossener Mann war er, der nicht von ungefähr den Familiennamen Mannhart führte. Er hatte keine Eile heute, ja gerade heute nicht, denn dieser Abend, an dem jeder Mensch sich mit den anderen freute, war ihm, dem verstockten alten Sonderling, peinlich. Zusammenzusitzen mit der Familie des Bauern, den Knechten und Mägden unter dem Lichterbaum, zu singen und zu plaudern mit ihnen, das war nichts für ihn. Darum hatte er keine Eile. Es war ihm recht, wenn bei seiner Ankunft auf dem Dominushof schon die Lichter gelöscht waren und alles schlief.

So schritt er neben seinen Rossen hin in seiner Art dumpf brütend und stumpf gegen das, was ihn umgab. Er sah nicht den Christbaum des Lienacher Lehrers, weil er mit vorgebeugtem Kopf immer vor sich in den Schnee starrte, der im spärlichen Schein der zwischen den Rädern schwankenden Laterne glitzerte. Im Windschutz des letzten Lienacher Hauses steckte er seine Pfeife an; das Zündholz beleuchtete sein bärtiges, böses Gesicht, in dem zwei trüb schimmernde Augen scheu blinzelten. Der glimmende Tabak knisterte. Mannhart rauchte eine geringe Sorte, obwohl er sich Besseres hätte gönnen können, denn er hatte neben freier Station einen Lohn, der ihm als alleinstehendem Mann erlaubt hätte, sich manchen Schoppen und hin und wieder eine Zigarre zu leisten. Es geschah nicht aus Habgier oder Geiz, sondern aus Gleichgültigkeit gegen käufliche Genüsse, daß er sich im Jahr mehr als hundert Mark ersparte.

Er legte dem Geld keinen übermäßigen Wert bei und hatte den Verlust seiner früheren Ersparnisse nach dem Kriege leicht verschmerzt. Aber als er überraschend durch eine Erbschaft aus der Schweiz in den Besitz einer Summe von rund dreitausend Franken gelangt war, gab ihm dieses Geld oft Anlaß zu Grübeleien. Er hatte nie Geldsorgen gehabt, bevor er seinen Bruder beerbt hatte; nun da er das Ansehen spürte, das er bei den Knechten und sogar beim Bauer wegen seines Vermögens genoß, beunruhigte ihn sein Besitz. Er stimmte ihn merkwürdigerweise trauriger, es entsprach ja ganz dem Wesen dieses verschlossenen Menschen, daß er seine Neider beneiden mußte. Denn er zweifelte nicht, die anderen, zum Beispiel der Großknecht, hätten gleich gewußt, was mit dem Kapital anzufangen war. Er aber fand keinen Rat und wollte auf keinen Fall sich in irgendwelche Geschäfte und Unternehmungen verwickeln. Er war und blieb Fuhrmann, zu Hause auf der drei Stunden langen Strecke zwischen dem oberen Lienbachtal und der Station unten.

So sollte also das Geld auf der Kreiskasse liegen bleiben bis zu seinem Tode? Was aber dann? Es war kein Erbe da. In seinen Gedanken war er zu unbeholfen, um an ein Vermächtnis zu denken oder an eine Stiftung. Von dergleichen hatte er nie gehört. Eine dunkle Ahnung, daß an solchem Geld doch die Verpflichtung haftete, es richtig zu verwenden, war es eigentlich, die ihn beunruhigte. Doch war er weit davon entfernt, seine dumpfen Empfindungen in dieser Weise deuten zu können.

Noch eine Stunde durch die Winternacht. Sein Hut und sein Mantel waren schon dicht verschneit. Er fühlte trotz des Unwetters keine Beschwerde. Und kein Verlangen nach irgend etwas. Im geheimsten Winkel seiner nach außen so hart gewordenen Seele lebte doch das fromme Gefühl des Geborgenseins in Gottes Hand, und nur aus diesen durch kindliche Gläubigkeit genährten Empfindungen ist das gnadenreiche Wunder zu erklären, das mit diesem Menschen in der Christnacht geschehen sollte.

Noch eine halbe Stunde war Mannhart vom Dominushof entfernt, als er den Ruf vernahm. Ein Mensch schrie! Mannhart erschrak vor dieser Stimme, die ihn aus dem gewohnten Gefühl seiner Einsamkeit riß. Er hielt die Rosse an und lauschte. Wieder ging ein klagender Schrei durch die Nacht. Mannhart nahm die Laterne und schritt dem Ruf entgegen. An einen Baum gelehnt fand er endlich einen jungen halberfrorenen Menschen, einen Schneeschuhläufer, der verunglückt zu sein schien. Ratlos und stumm blickte er den Hilflosen an, verstand nicht, was dieser ihm jammernd zurief. Endlich begriff er, daß es nun an ihm war zu helfen, wenn hier nicht ein Mensch dem Tod ausgeliefert werden sollte. Er faßte unwillig und brummend den am Boden Sitzenden an. Dieser stöhnte und wies auf sein Fußgelenk. Mannhart mußte ihn zur Straße hintragen und bettete ihn mit Decken auf das Vordergestell seines Wagens.

Die Rosse zogen an. Gemächlich schritt Mannhart wieder neben ihnen her. Aber jetzt stak ein Pfeil in seiner Seele; er war aufgescheucht aus seinem dumpfen einsamen Brüten. Da saß nun ein Mensch auf seinem Wagen, ein fremder Mensch. Was sollte er mit ihm anfangen? Im Dominushof waren sie schon zu Bett gegangen um diese Stunde. Ganz allein hatte er den Verunglückten auf dem Halse. Wäre es nicht besser gewesen, ihn liegen zu lassen? Am andern Morgen wäre er dann aufgefunden worden, und der Tote hätte nicht verraten, daß ein Fuhrmann seinen Hilferuf gehört und sich nicht um ihn gekümmert hatte. Plötzlich war Mannhart von einem Gedanken befallen, der ihm einen deutlichen Wink gab, wie die mißliche Sache leicht aus der Welt zu schaffen war. Ein Stoß genügte. Dann lag der zu Tod erschöpfte junge Mensch wieder im Schnee. Den Fuhrmann ging der Fremde danach nichts mehr an. Seine Rosse waren die einzigen Lebewesen, für die er verantwortlich war. So sprach eine harte, schnöde Stimme in ihm. Es war seine eigene rauhe Sprache, sein eigener böser Tonfall. Er hörte sie und nickte mit dem Kopf. Wegwischen vom Wagen das lästige Häufchen Mensch, wie man den Schnee vom Ärmel streift! Das ginge einfach.

Aber als er das dunkle Bündel anfaßte und den atmend bewegten Körper spürte, konnte er es nicht tun. Er legte vielmehr die verschobene Decke wieder sorgfältig zurecht und atmete auf. Eine fast freudige Aufregung war ihm in die steifen Glieder gefahren. Er ließ die Rosse rascher gehen und schaute neben dem Wagen schreitend immer auf die verhüllte Last, die er trug.

Eine einfache elektrische Lampe erleuchtete die Kammer des Fuhrmanns, deren Wände aus glattgehobelten altersgrauen Brettern bestanden. Nur eine Wand war gemauert, und hinter ihr ging der Schornstein des großen Kachelofens durch, der drunten in der Stube stand. An dieser den ganzen Winter hindurch freundlich warmen Wand stand Mannharts Bett, und darauf lag in jener Christnacht der Mensch, den der Fuhrmann von der Straße aufgelesen hatte. In der Ecke standen die langen Hölzer seiner Skier neben einigen Peitschenstöcken Mannharts.

Ausgeschält aus seiner winterlichen Vermummung lehnte der Fuhrmann gegen das Bettende, aß Speck und Brot aus der Hand und warf ab und zu einen finstern Blick auf den Skiläufer, der in unruhigem Schlaf sich manchmal bewegte und tief Atem holte. Als Mannhart sich ein Glas voll Schnaps eingeschenkt hatte, kam ihm der Gedanke, daß seinem Gast ein Schluck davon gut tun könne. Aber er gelangte nicht zur Ausführung dieses Einfalls, weil Mannhart sich scheute, den Schläfer zu wecken. Während er selbst nach und nach das Glas leerte, betrachtete er jetzt mit Aufmerksamkeit das Gesicht, das auf dem rotkarierten Polster seines Bettes im Schein der grellen elektrischen Lampe lag.

Solch ein junger Bursch! dachte er und erinnerte sich, wie leicht er gewesen war, als er ihn zu seinem Wagen trug. Das jugendliche Gesicht war gerötet. Wahrscheinlich hat er Fieber, fiel es Mannhart ein. Dagegen war ein Schnaps gut. Warum sollte er es nicht probieren. Er füllte das Glas zur Hälfte, hielt es ihm an den Mund und fand kein anderes Wort, um ihn zu wecken, als ein rauhes „Hoh“, wie er es bei den Rossen gewohnt war.

Da schlug der Schläfer die Augen auf, trank aus dem ihm aufgedrungenen Glas einen kleinen Schluck und wehrte dann ab, von der Schärfe des Getränkes angewidert. Zugleich aber versuchte er zu lächeln, um seiner Dankbarkeit doch Ausdruck zu geben. Dieses Lächeln des müden schmerzgequälten Gesichts rührte den Fuhrmann nun endlich ein wenig, so daß er sich besann, was er nun noch für den armen Kerl tun könne. Richtig, die Schuhe! Die Schuhe mußte man ihm ausziehen. An dem einen war die Schnürung bereits gelöst. Da war wohl etwas nicht in Ordnung. Mannhart versuchte den Stiefel herauszuziehen. Der junge Mann stöhnte, ließ aber den Helfer gewähren, der so vorsichtig, als er es mit seinen plumpen Händen konnte, den Schuh endlich herauszog. Als auch der Strumpf entfernt war, stellte Mannhart, den der Fall jetzt doch beschäftigte, eine Verrenkung fest. Damit wußte er einigen Bescheid. Einrenken. Kühle Umschläge. Das kann man machen, sagte sich der Fuhrmann.

Während der Hantierung gab es eine notdürftige Verständigung zwischen den beiden. Wo bin ich? fragte der junge Mann und nickte dankbar, als er Anwort erhielt. Wer seid Ihr? fragte Mannhart, noch ohne rechte Anteilnahme. Er erfuhr, daß er einen Studenten vor sich hatte, der von der nahen Universitätsstadt aus eine weite Skitour unternommen und gehofft hatte, am Abend wieder zurück zu sein. Aber nach Einbruch der Nacht sei er am Lienbacher Buck gestürzt. Ihm aber verdanke er nun sein Leben ...

Er sah den Fuhrmann aus seinen müden Augen freundlich an. Dieser war voller Staunen über die Worte des jungen Menschen. Er fühlte, daß ihm der Fremde herzliches Zutrauen und tiefe Dankbarkeit schenkte. Das war ihm ein Blick in eine bisher unbekannte Welt. Er fragte, warum er denn durch die Nacht noch den Heimweg gesucht habe. Droben am Buck im Hotel hätte er doch Unterkunft finden und in der Gesellschaft der Stadtleute einen fröhlichen Christabend feiern können. Das sagte er in schwerfällig gefügten Worten, aber mit wachsender Anteilnahme.

Der Student sah trüb vor sich hin. Er machte eine Bewegung, die alles sagt. Armut! Solche Vergnügungen könne er sich nicht erlauben. Seine Mutter, eine Beamtenwitwe, rackere sich zu Tod, um ihm die Vollendung des Studiums zu ermöglichen. Dieser Ausflug in die Winterpracht der Berge sollte seine Weihnachtsfreude sein. Sie habe ihn dazu gedrängt, weil sie wußte, wie leidenschaftlich er solche Skiwanderungen liebe.

Mannhart begriff. Nun war vieles, was ihm fremd an diesem Menschen gewesen war, fortgeflogen. Ein armer Bursch war es, der vor ihm lag. Das war gut, das war dem mit der Kargheit des Lebens vertrauten Fuhrmann geradezu eine Freude. Jetzt erst bot er dem Gast von seinem Essen an. Speck und Brot. Der Student zierte sich nicht, aß ein wenig, bat dann um seinen Rucksack. Daraus holte er eine Tüte Weihnachtsgebäck und reichte sie seinem Retter hin: von der Mutter gebacken! Wunderlich schmeckte dem Fuhrmann das süße duftende Gebäck. Eine gute Mutter habe er, sagte er und lobte die feinen Brötchen. Ja, nickte der Student, sie werde es bald besser haben. Er gebe sein Studium auf, suche eine Stelle als Schreiber oder sonstwas, um Geld zu verdienen. Dann brauche sie nicht mehr sich zu plagen um ihn mit Nähen und Waschen. Ach, das sei hart für ihn, aber es gehe eben über ihre und seine Kraft.

Mannhart nickte. Ja, so ist das Leben, dachte er. Er hatte nie gewußt, daß die Stadtleute, die zu ihrem Vergnügen in die Berge kamen, auch die Not und Enge des Lebens kannten. Eine Ahnung von der Bitterkeit dieses Schicksals befiel ihn, als sein Gast sagte, an einem einzigen Jahr hänge es. Nach einem Jahr hätte er ausstudiert und Aussicht auf eine gute Stelle. Aber dieses Jahr, wenn er es auch durchhungern und durcharbeiten könne, für die Mutter sei es zu viel. Und kein Mensch wolle helfen, niemand, nicht einmal die Verwandschaft, wolle Geld leihen, das er doch zurückzahlen könne, wenn er nach dem Examen seine Stelle habe. Heute habe er Abschied genommen von seinen Jugendhoffnungen und von seinem Glauben an die Menschen. Er vertraue aber auf Gott, daß es auch so zum Guten sich wenden werde. Er habe ihm ja auch den Retter geschickt in der Nacht. Mannhart schwieg und versank in tiefes Nachdenken. Mit einem Male sah er, daß dem Studenten die Augen zugefallen waren. Die Mitternacht war vorüber. Sollte er sich ins Heu zum Schlafen legen und den Studenten allein lassen? Er hatte keine Eile damit und empfand trotz der Anstrengungen seines langen schweren Tagwerks heute keine Müdigkeit. Von seinem Stuhl aus schaute er unverwandt auf den jungen Mann, dessen Gesicht im Schlaf ganz kindliche Züge zeigte. Er saß und versank anschauend in dies Menschenantlitz: sein Sinn verwirrte sich in unbeschreibbarer Weise, so daß er, der allzeit die Ehe geflohen hatte, sich in den Traum hineinspann, er wache am Lager seines Sohnes.

Stunden vergingen. Mannhart wurde zeitweise vom Schlaf übermannt, sein bärtiger Kopf sank in die auf den Tisch gelegten Arme, aber es geschah nur auf Minuten, dann ruhten seine Augen, die jetzt den scheuen Blick nicht mehr hatten, auf dem stillen Schläfer in seinem Bette. Gegen fünf Uhr hörte er Bewegung in den Räumen unter seiner Stube. Es war Zeit, sich zum Besuch der Mette zu richten. Mannhart vermied dabei sorgsam jeden Lärm, der den Schlaf seines Gastes hätte stören können.

Auf oft stundenweiten Wegen waren die Talbewohner zur Kirche gekommen. Schon der Gang durch die stille Nacht, in der die Lichter der Höfe und vereinzelte Handlaternen auf den Wegen blinkten oder schwankten, war erfüllt von der frommen Rührung der winterlichen Weihnacht.

Da wanderten Männer und Frauen schweigend durch die Dunkelheit in der tröstlichen Gewißheit, daß das Licht der Welt leuchtete durch alle Finsternisse des Daseins. Und drunten in der Kirche glänzten unzählige kleine Kerzenflämmlein. Vorn am Altar war eine Krippe aufgebaut, da lag das Christkind auf dem Stroh und breitete die Arme aus, allen Menschen entgegen. Die Orgel tönte, und der Chor sang:

Es kam die gnadenvolle Nacht,
Die uns den hellsten Tag gebracht,
Wie freute sich der Engel Schar,
Da Gottes Sohn geboren war!

Mannhart hatte die steifen Knie gebeugt vor dem Wunder der heiligen Nacht. Er las mit leise bewegten Lippen in dem alten Gebetbuch, das er seit seiner Kindheit benutzte. Aber über die gedruckten Worte hinweg schwang sich manchmal der Gedanke an den armen, einsamen Schläfer in seinem Bett, und die Innigkeit des Gebetes ging unmerklich hinüber in das Gefühl des Glückes, daß er einem Menschen hatte das Leben retten können. Gottesliebe und Nächstenliebe. Ein fremder Mensch war es nicht mehr. Diese Nacht an seinem Lager hatte Mannharts Herz geöffnet, er fühlte dunkel das Verbundensein aller Menschen. Niemals hätte er aber sein Gefühl aussprechen, ihm einen Namen geben können. Es war die Liebe, die hier wie immer aufblühte am Wunder der Christnacht.

Kein Wort sprach Mannhart jemals zu irgendwem über das, was in ihm geschehen war während dieser Nacht. Auch der Student erfuhr nichts von dem Wunder in der Seele des Mannes, der nun schwerfällig und wortkarg sich um ihn mühte. Am Nachmittag spannte Mannhart den Schlitten ein und fuhr den Studenten zur Bahn. Unterwegs, als sie schon die Station vor sich liegen sahen, ließ er das Pferd vom Trab in den Schritt fallen. Er hatte dem jungen Manne noch etwas Gewichtiges zu sagen, das ihm nicht so leicht von den bärtigen Lippen kam. Also wegen dem, begann er, was der Student ihm in der Nacht erzählt habe, brauche er sich nicht zu sorgen. Da könne man schon etwas machen!

Der junge Mann begriff nicht, was der Fuhrmann wollte. Ja, wegen dem Studieren sei es und wegen der Mutter, sagte Mannhart, ohne den Studenten anzuschauen. Der Schlitten hielt vor dem Bahnhof. Mit Unterstützung des Fuhrmanns stieg der Student aus. Noch ohne zu wissen, was Mannhart vorhatte, begann er dem Retter und Helfer seine unauslöschliche Dankbarkeit zu versichern, und es war ihm ernst damit, denn er hatte aus dem Verhalten des Fuhrmannes wenigstens gespürt, daß er dies alles nicht getan hatte in Erwartung eines guten Trinkgeldes. Aber nun befiel ihn doch ein gewaltiges Staunen, als Mannhart mit seiner rauhen Stimme ihn unterbrach und es gerade heraus sagte, er könne ihm das Geld verschaffen. Wieviel denn nötig sei zum Fertigstudieren? Fast grob und befehlsmäßig mußte er die Frage wiederholen, ehe der Student antwortete. Tausend Mark? knurrte Mannhart. Es hätte auch mehr sein dürfen. Am Dreikönigstag also komme er in die Stadt, kehre um drei Uhr im „Geist“ ein, dann solle er das Geld haben. Ja freilich. Von ihm die tausend Mark.

Da hörte man das Rattern des Zuges schon in der Nähe. Mannhart faßte den Studenten unter den Armen und brachte ihn halb tragend bis zum Eisenbahnwagen. Als er ihm dann noch die danach gelöste Fahrkarte hinreichte, spürte der Student dabei einen zusammengefalteten Geldschein. Darüber erschrak der Beschenkte, wollte zum Fenster hinaus noch etwas sagen, was mehr gelten konnte als ein kaltes Dankschön, und fand die Worte nicht, während der Zug schon zu fahren begann. So konnte er nur einen verwunderten und tiefbewegten Blick dem Manne nachsenden, der mit scheuem Gesicht sich rasch wegwandte zu seinem Pferd.

Gast am Weihnachtsabend

Friedrich Schnack

Den ganzen Nachmittag vor dem Heiligen Abend hatte es im Schwarzwald geschneit. Lisille, die aus dem Einödhaus in das Schneetreiben getreten war, konnte kaum die Landschaft erblikken, so verhüllt war alles. Es war die Zeit nach dem großen Krieg, da sie hier bei den Försterleuten Unterkunft gefunden hatte. Als sie mit dem gefüllten Holzkorb wieder in die Wohnstube kam, bemerkte sie, daß die Förstersfrau, die den Abendtisch vor dem Herrgottswinkel richtete, statt drei Teller und Bestecke vier auf das weiße Leinentuch gestellt hatte.

„Erwarten Sie jemand?“ fragte sie.

„Der vierte Teller“, erklärte die alte Försterin, deren Mann im Ruhestand lebte, „ist Weihnachtsbrauch zum Gedenken an die Mutter, die unterwegs war und von niemand erwartet wurde.“

Sie setzten sich zu Tisch. Schon lange hatte der Mann einem jüngeren Förster in seinem Waldrevier Platz gemacht, der Sohn war im Weltkrieg gefallen. Sie waren froh, das Lisille ihre Einsamkeit mit ihnen teilte.

Als der Tisch abgeräumt, neu bezogen und mit den paar Geschenken, die ein jedes für den andern vorbereitet hatte, geschmückt war, brachte der Förster aus der Nebenstube eine Weihnachtspyramide. Sie war ein Lichtergestell, umkleidet mit Wintergrün. Die aufsteigende Wärme der brennenden Kerzen bewegte ein Windrad auf der Spitze, und ein Engel tanzte darauf. Im untern Stockwerk spielten Musikanten zum Weihnachtsabend auf, im obern stand die Photographie des gefallenen Sohnes. Nun sah Lisille, was er in den letzten Abenden spät in der Nacht geheimnisvoll zusammengebastelt und jedesmal hernach so sorgfältig verwahrt hatte. Der Förster schaltete, und der elektrische Strom bewegte die Mechanik: Der römische Wachsoldat vor dem Kastell auf dem Berg schritt hin und her, im Tal an einem Weiher hob ein Fischer das Netz, unweit von ihm fing ein Reiher einen Fisch. Auf der Halde weideten Schafe, Hirten kochten ihr Essen am Feuer, einer blies die Flöte, Vater Josef sägte Holz, Mutter Maria wiegte ihr Kind, und die Heiligen Drei Könige kamen in der Ferne auf ihren Kamelen gezogen. Er hätte, sagte der alte Bastler, das Vorbild zu diesem Panorama in ganz großem Maßstab auf einem Urlaubstag in Altötting in Oberbayern gesehen und es verkleinert nachgeahmt.

In diesem Augenblick wurde an der Haustür gepocht, und auf

den Zuruf des Försters trat ein Skifahrer, einen „Gesegneten Weihnachtsabend“ wünschend, in die Stube, nachdem er außen an der Hauswand seine Skihölzer hingelehnt hatte. Er hoffe, sagte er, nicht zu unlieb zu stören, doch er müsse um Hilfe bitten.

„Wir helfen gern, wenn wir es vermögen“, sagte die Förstersfrau. „Ist Ihnen etwas zugestoßen? Setzen Sie sich bitte!“ Und sie rückte den Stuhl.

„Nicht für mich bitte ich“, erwiderte der Skifahrer, der ein Tuch aufknüpfte. „Ich komme vom Schluchsee-Werk, wo ich als Ingenieur angestellt bin. Für den Kreuzschnabel da, den ich aufgelesen habe, brauche ich Hilfe.“

Und den roten Weihnachtsvogel in der Hand haltend, rief er freudig aus: „Es lebt noch! Ich fürchtete schon, er käme nicht durch.“ Er reichte den Vogel dem Mädchen mit der Aufforderung: „Hauchen Sie ihn an, Frauenwärme ist besser als Männeratem, und ich möchte mich den Augenblick verschnaufen!“

Und Lisille, ein wenig errötend, tat wie ihr geheißen. „Ein Kreuzschnabel“, sagte die Förstersfrau, „wie gut! Der bringt in der Weihnachtszeit allemal Glück.“

„Es wär mir so lieb wie ein schönstes Weihnachtsgeschenk, würde er wieder heil!“ sagte der Skifahrer.

Jetzt regte sich in Lisilles Hand der Vogel. Der Schnabel tat sich um ein Spältchen auf, die Beinchen zuckten und zitterten.

„Der Kreuzschnabel“, sagte die alte Frau, „wollte aus Mitleid mit unserm Herrn am Kreuz die Nägel aus den Wunden ziehen. Davon hat er den krummen Schnabel, er hat ihn verklemmt.“

Inzwischen hatte der Förster ein Vogelbauer gebracht. „Wissen Sie, warum die Kreuzschnäbel im Winter brüten?“ fragte er den Ingenieur. „Ich weiß es nicht, es wird schon seinen Grund haben!“ „Weil da die Fichtensamen am feinsten schmecken!“ „Ich meine“, sagte die Frau, „weil im Winter das liebe Kind geboren wurde.“

Und sie schaute zur Weihnachtspyramide mit dem Bild ihres Sohnes, der an einem Weihnachtsabend auf die Welt gekommen war. Der Ingenieur aber blickte auf das Mädchen, und Lisille senkte, zart lächelnd, ihren Blick auf den Vogel, der sich nun wieder aufgesetzt hatte. Der Ingenieur öffnete das Türchen des Bauers, und Lisille schob den Kreuzschnabel, behutsam an der Hand des jungen Mannes vorbei, in die Behausung, setzte ihn auf das Stänglein und reichte ihm sodann mit der Fingerkuppe einen Tropfen Wasser aus der Trinkschale. Erwartungsvoll blickten alle auf den Vogel. Er drehte das Köpfchen und regte die Flügel. Mit einemmal schüttelte er sich und rief schwach: Gip, gip! Da zog

Lisille die Hand zurück und berührte dabei unwillkürlich die Hand des Mannes. Der Vogel begann sich zu putzen, er schien gerettet zu sein. Der Mädchenatem und die Stubenwärme hatten ihn aus der Erstarrung geweckt.

„Das war schön“, sagte der Förster. „Er hat sich mit seinem Gip, gip bedankt!“

Der junge Mann bedankte sich nun seinerseits für die seinem Findelkind gewährte Hilfe, sagte, er müsse nun wieder seinen Weg fortsetzen, um noch rechtzeitig nach Hinterzarten zu kommen, wo er zum Heiligen Abend bei seinem verheirateten Bruder erwartet werde, er sei schon ziemlich spät daran, weil es im Werk eine technische Störung gegeben habe: er wünschte „Glückliche Weihnacht!“ und drückte den Bewohnern des Waldhauses die Hand.

Gefolgt von Lisille, die dem Gast mit der Laterne leuchtete, verließ er die Stube. Da begann der Kreuzschnabel zart zu flöten, als spiele der heimliche Hirte die Flöte im Morgenlande des alten Bastlers.

Der Ingenieur schnallte die Schneeschuhe an und sagte: „Auf Wiedersehen! Der Weihnachtsvogel hat mich zu Ihnen geführt. Lieberes konnte nicht geschehen“. „Ach . . .“ sagte sie und verstummte.

„Ich meine, weil es eben doch auch eine liebe Nacht ist, die Weihnacht!“

„Ja, das meine ich auch! Aber ich freue mich auch, daß er mit dem Leben davonkommt und Sie ihn gerettet haben.“

„Ob ich nach den Feiertagen den Wiedergenesenen besuchen darf?“ fragte er behutsam.

„Wollen wir ihn gemeinsam fliegen lassen? Wünschen Sie das?“

„Wäre es nicht besser, ihn gemeinsam zu behalten? Da er doch ein Glücksvogel ist, wie die alte Frau sagte?“ Bei dieser Frage senkte Lisille die Laterne. Ihr Gesicht schimmerte, vom Licht gerade noch berührt, wie von einem tiefen Erstaunen, und sie antwortete: „Ja . . .“

Mehr wurde nicht gesprochen, der Ingenieur warf sich mit einem Ruck auf seine Bahn und glitt in die Nacht. Lisille hob die Laterne wieder empor, als trüge sie einen Stern im Schneewind der Nacht. Als sie in die Stube zurückkehrte, ritten die Heiligen Drei Könige nach Bethlehem, das Windrad auf der Weihnachtspyramide drehte sich, der Engel tanzte, und der Vogel barg seinen Kopf unter dem Flügel.

Die Weihnacht am Verlorenen Hang

Hans Bahrs

Vom Verlorenen Hang erfahren die Gäste des Hotels auf der Spitze des mächtigen 1200 Meter hohen Berges, der sein kahles Haupt in den Himmel des Schwarzwaldes hinaufstreckt, wenn ein Ortskundiger sie einmal mitnimmt. Dann kann es sein, daß sie auch dem Ödbauern begegnen, der dort auf seinem uralten Hof immer noch schafft. Die Leute erzählen sich hier in der Gegend, daß der Hof vor Jahrhunderten von einem frühen Vorfahren des jetzigen Ödbauern aufgebaut worden sei, als sich die Menschen des Taldorfes während der Kriegsläufte an die tausend Meter hoch in die obere Schlucht geflüchtet hatten, aus der der Verlorene Hang herausspringt und jäh steil in die abgrundlose Tiefe hinabfällt.

Sonst kommt kaum noch ein Besucher zum letzten Brandner, dessen Vieh auf den mageren Weiden des Geröllhanges nur kärgliches Futter findet, und der mit seinen mehr als achtzig Jahren dennoch eigensinnig das Feld behauptet, auf dem er seit dem Tod seiner Frau ganz allein wirkt.

Im Dorf unten hat man den Ödbauern lange nicht mehr gesehen. Der Postbote kommt einmal in der Woche zu ihm hinauf und versorgt ihn mit allem, was er benötigt. So kommt auch das Schlachtvieh des Hofes immer zur rechten Zeit an den Käufer.

Als der Brandner noch rüstig war, kam er wenigstens zu den hohen Festtagen in die kleine Bergkapelle. Seit geraumer Zeit hat man ihn auch da nicht mehr angetroffen. Der Weg zu ihm hinauf ist aber auch für den Pfarrer, der selbst schon ein hochbetagter Mann ist, zu beschwerlich. So hält der Bauer seine Andacht auf eigene Art vor dem Kruzifix der verräucherten kleinen Stube und weiß sich darin verstanden von seinem Herrgott, dem er auf eine besondere Weise nahe ist in der Einsamkeit seines Hofes.

Der Schneefall ist in den Tagen vor Weihnachten so groß gewesen, daß selbst der Postbote mit seinen Skiern nicht mehr durchgekommen ist. Der Brandner hat zwar den Weg von seinem Haus hart an der Berglehne bis an den Fußpfad, der ziemlich steil am Hang entlang bis auf die Fahrstraße führt, freigeschaufelt. Aber dann ist erneut Schnee gefallen und immer wieder. Da hat der Alte es aufgegeben, sich gegen die Gewalt der Natur zu stemmen und sich in sein Haus zurückgezogen wie eine Schnecke in ihr Gehäuse.

Wenn er aus dem Fenster schaut, kann der Brandner hoch über dem Verlorenen Hang die Lichter des Hotels erkennen. Er weiß, daß es in dieser Stunde dort festlich hergeht. Viele einsame Menschen, die es sich leisten können, kommen um diese Zeit in die Berge, um die Weihnacht mit Gleichgesinnten zu feiern.

Der alte Mann hat seinen Tieren das Futter gegeben, etwas reichlicher als an anderen Tagen, denn er weiß, was sich am Heiligen Abend gehört.

Das Feuer im Kamin flackert. Der Rauch, der die Balken an der Decke seit langem geschwärzt hat, läßt die Augen ein wenig tränen. Aber daran sind sie gewöhnt. Das Nachtessen ist schon lange verzehrt. Das Geschirr steht noch auf dem breiten Holztisch. Der Bauer ist müde geworden. Lang schon ist die Schlafenszeit gekommen. Aber der Brandner wartet noch auf die Glocken der kleinen Kapelle im Taldorf, die zur Weihnachtsmette rufen. Er will auf sie lauschen und dann vor sein Kruzifix treten, wie er das nun schon seit Jahren hält, seit er nicht mehr ins Tal hinabsteigen kann. So will er teilhaben an der Feier der Weihnacht hier in seinem alten Haus, in dem nur Raum ist für sein Vieh und ihn selbst, das ihn aber immer noch beherbergt und ihm Schutz und Wärme schenken wird, solange sein alter Atem noch geht.

Wie er so lauschend dasitzt und auf die Glocken wartet – eine Uhr besitzt er seit Jahren nicht mehr, da sich die letzte nicht mehr reparieren ließ –, hebt er plötzlich den eisgrauen Kopf witternd empor, beugt sich weit vor und hält den Atem an. „Das war nicht der Wind“, murmelt er, nimmt die Petroleumlampe vom Tisch und schlurft langsam zur Tür. Einen Augenblick verharrt er lauschend vor ihr, dann reißt er sie plötzlich auf. Vor ihm steht ein Fremder, schwer atmend, die eine Hand gegen die Hauswand gestemmt, frierend, mit unruhigen Augen, die nun den Bauern lauernd abtasten. Kalt fährt ein Windstoß gegen die Brust des Alten. Schweigend läßt er es geschehen und betrachtet den Mann, der da aus der Dunkelheit der Heiligen Nacht zu ihm in die Einöde gekommen ist. „Komm herein!“ sagt der Brandner rauh. Er läßt den Gast in sein Haus, führt ihn in die räucherige Stube, bietet ihm den Stuhl neben dem Fenster an und sagt dann bedächtig: „Ich habe dich noch nicht gesehen. Du bist nicht von hier.“ – „Nein“, erwidert der Ankömmling einsilbig. Es ist ein Mann in den Dreißigern, ein Kerl mit großen verarbeiteten Händen, breitschultrig, mit einem mächtigen Brustkorb, der sich rasch hebt und senkt, wie das bei Leuten geschieht, die große Anstrengungen hinter sich haben. „Verirrt?“ fragt der Bauer wieder. „Ja!“ stößt der Fremde hervor. „Wer sich hier nicht auskennt, soll unten bleiben!“ mißbilligt der Alte. Sein Blick streift forschend über den Straßenanzug seines Gastes hin: „Hier oben ist es zu kalt für solchen Aufzug!" – „Als man mich gestern entlassen hat, bekam ich das wieder, was ich bei meiner Einlieferung besaß." – „Und das war im Sommer?" – „Ja, aber vor einem Jahr schon!" – „Du brauchst mir deine Geschichte nicht zu erzählen. Du kommst aus dem Gefängnis unten. Aber heute ist Weihnachten. Wir wollen darauf warten, daß die Glocken anfangen zu läuten. Dann werde ich dir etwas zu essen machen." Der Jüngere erwidert nichts mehr. Seine Augen starren in die Flamme. In seinem Gesicht arbeitet es. Aber es wird ruhiger, je länger das Schweigen zwischen den beiden Menschen in der Bergbauernstube andauert. Es wächst nicht auf zu einer Mauer, die zwischen ihnen steht, es wirkt eher wie eine Brücke, über die man wandelt und auf der man sich begegnen kann.

Vor der Madonna brennt eine dicke Honigwachskerze. Als die Glocken vom Tal her zu läuten beginnen, öffnet der Bauer das kleine Fenster und läßt den Nachtwind herein, den Nachtwind und den feierlichen Klang. Dann beugt der alte Mann vor dem Kruzifix die Knie und betet langsam und auf seine Weise, wie er es als Kind gelernt und als Greis für sich abgewandelt hat, Gläubiger und Priester zugleich, da nun in seiner Stube einer sitzt, der noch einsamer ist als er hier oben und seiner bedarf.

Als der Ödbauer für den Fremden zu beten beginnt, hebt er abwehrend die Hände und will etwas sagen. Aber der Brandner winkt ihm gebieterisch zu, holt ihn dann mit seinen hellen alten Augen von seiner Bank am Fenster zu sich her, bis auch er niederkniet und die Gebärde des Händefaltens macht. Die Glocken verstummen. Drunten im Tal singen die Leute jetzt in der Kapelle und feiern die Geburt des Heiligen Kindes. Da erhebt sich der Bauer, schließt das Fenster, setzt sich wieder an den Tisch und liest dem späten Gast die Weihnachtsgeschichte vor. Der starrt in das Feuer und schweigt. Er öffnet auch nicht den Mund, als der alte Mann die Lieder der Weihnacht anstimmt, die man jetzt allerorten singen wird, weil doch die Weihnacht wieder auf die Erde gekommen ist.

Als dann der Bergbauer Milch und Käse auf den Tisch stellt, Butter und Brot und auch ein Stück Rauchfleisch, da vespert der Fremde, wie ihm geheißen wird, mit seinem Gastgeber zusammen. „Du hast nicht zu mir kommen wollen", sagt der Brandner einmal beiläufig. Der andere nickt. „Wie heißt du?" – „Franz Bucherl." – „Schön, Franzl, du hast nicht zu mir kommen wollen, aber nun bist du da. Ich denke, es hat etwas zu bedeuten, daß das gerade zur Weihnacht geschehen ist." Der Mann springt auf. Er ist mit ein paar Sätzen an der Tür: „Ich ertrag es nicht!" – „Setz dich nur wieder! Ich weiß schon, was dich plagt." – „Ich wollte nicht als dein Gast zu dir kommen, alter Mann. Du bist so gut zu mir und weißt nicht, was ich im Sinn hatte." – „Du wolltest bei mir einbrechen. Aber bei mir ist nichts zu holen. Und du hast das auch längst überwunden, Franzl!" Der Alte hantiert am Kamin herum: „Du solltest jetzt schlafen gehen. Ich zeige dir deine Kammer. Früher einmal hat mein Sohn darin geschlafen. Aber der ist lange tot. Dann ein Knecht. Der hat es in der Einsamkeit hier nicht ausgehalten. Ja, und nun bist du gekommen. Du kannst bleiben, bis du wieder ruhiger geworden bist. Hier ist Platz für dich, komm, Franzl!"

Der Brandner wartet gar keine Antwort mehr ab. Er nimmt ganz einfach die Petroleumlampe und geleitet den Franz Bucherl in die kleine Kammer neben der Stube. Er deutet auf ein Lager und sagt: „Hat lange keiner mehr hier geschlafen. Aber es wird wohl noch gehen." Damit nickt er dem Gast zu und entfernt sich langsam.

Nicht lange danach ruht auch der Brandner auf seinem Bett, das er sich seit Jahren auf der breiten Bank neben dem Kamin bereitet. Die Bergnacht lugt durch das kleine Fenster noch ein paarmal zu ihm herein. Aber dann senkt sich ihre Stille in sein Herz, und sein leichter Schlummer dauert bis in den Morgen.

In einem Krippfli

Heinrich von Loufenberg

In einem Krippfli lag ein Kind;
do stund ein Esel und ein Rind,
do bi was ouch die Maged klar
Maria, die das Kind gebar.
  Jesus, der Herre min,
  der was das Kindelin.

Do singent ihm der Engel Chor,
mit süßer Stimm gar hoch enbor.
„Gloria, Lob und Würdigkeit
si Gott in hohem Rich geseit."
  Jesus, der Herre min,
  der was das Kindelin.

Dies ward den Hirten schier verkundt,
darum so liefend sie zur stund
gen Bethlehem und funden do
das edle Kind und wurden froh.
  Jesus, der Herre min,
  der was das Kindelin.

Zu stund entbrann eins Sternen Schin,
das es ward kund den Köngen drin
In ferrem Land zu Orient,
die koment mit ihrer Gab gerennt.
  Jesus, der Herre min,
  der was das Kindelin.

Sie fielent nieder uff die Erd,
sie gobeten dem Kinde werd
gar edel Myrrhen, Wirouch, Gold.
Dem Kindli wurdent sie gar hold.
  Jesus, der Herre min,
  der was das Kindelin.

Do dies vernahm Herodes Mut,
er docht, wie er vergüß sin Blut:
viel tusent Kind tot er zuhand.
Jesus floh in Ägyptenland.
  Jesus, der Herre min,
  der was das Kindelin.

Hie nah wohl über drissig Johr,
do ward dies Kindelin fürwohr
durch unser ewig Selikeit
ertöt und in ein Grab geleit.
  Jesus, der Herre min,
  der was das Kindelin.

Dar nah zuhand am dritten Tag
erstund er nach der Lehrer Sag,
und fuhr uff in sins Vatters Land,
do sitzt er zu der rechten Hand.
  Jesus, der Herre min,
  der was das Kindelin.

Dreikönigstag

Heinrich Hansjakob

Am Vorabend vor Dreikönigstag erschienen die „heiligen drei Könige mit ihrem Stern". Und wer waren die drei Weisen? Drei Singknaben vom Kirchenchor (die Chorknaben hatten dies Vorrecht, weil es ihnen den Sold bringen sollte für ihre Gesangesleistungen in der Kirche das Jahr über), angetan mit Kronen und schneeweißen Hemdlein über ihrem „Sonntagshäs". Der Stern aber bestund aus in Oel getränktem, weißem Papier, hatte vier mächtige „Zinken", in seinem Herzen einen „Lichtstumpen" aus der Kirche, ward von einem Nachtwächter getragen an einer großen Stange und mit einer Schnur in planetenmäßige Bewegung gesetzt. Das war die Gesellschaft, auf die jedes Kind in freudiger Erwartung sein Herz lenkte.

Am äußersten Hause der Altstadt ward nun angefangen; der Stern, leuchtend in stiller Nacht, drehte sich um seine eigene Achse, der Nachtwächter, zu unserer Zeit der „Jägermurer", dampfte dazu aus seiner Tabakspfeife, und die „heiligen Dreikönige" fingen an zu singen. Und was sie sangen, klang so wunderbar aus Kindermund und Kinderherzen, daß wir nicht genug horchen konnten. Und die alten Leute schauten aus den Fenstern, und in ihrer Seele tönten wieder aus der Jugendzeit – die alten Dreikönigslieder, und mancher Greis ward wieder jung im Herzen und fing drinnen mit zu singen an.

Es sind lauter Kinderlieder, Volkslieder, diese Dreikönigslieder und, weil zudem ungedruckt, wert, daß ich ein oder das andere ganz oder teilweise mitteile.

Das erste Lied lautete:

Singet, preiset Gott mit Freuden,
Seht, die Güte unsers Herrn
Sendet für die blinden Heiden
Einen hellen Wunderstern!

Diesen sahen die drei Weisen.
Sie bemerkten seinen Lauf.
Lasset, sprachen sie, uns reisen.
Jakobs Stern, der gehet auf!

An der Stadt der Bethlehemiten
Findet sich der Stern jetzt ein,
Wirft auf eine schlechte Hütten
Seinen wunderbaren Schein.

Wie? Im Stall? Ihr zweifelt wieder!
Wie, ein Kind, ein Völkerhaupt?!
Ja kommt her und werft euch nieder
Hier vor Gott im Kinde. Glaubt!

Ein anderer Sang hub an:

Hört Menschen, die ihr diese Erd'
  Bewohnet und besitzet,
Die ihr mit Trübsal seid beschwert,
  Ohn' daß euch jemand schützet.

Es ist der Stern nun allbereit
  Desjenen aufgegangen,
Auf den die Welt schon lange Zeit
  Gewartet mit Verlangen.

Das lieblichste dieser Lieder setze ich ganz her:

  O Jesulein!
Die Liebe hat fürwahr
Dich bunden ganz und gar!
  O Kindelein!
Sie in der Tat
Dich g'fesselt hat,
Gelegt in die Krippe dich
Unter das arme Viech,
  O Jesulein!

  O Jesulein!
Aus Lieb verlassen hast
Den himmlischen Palast,
  O Kindelein!
Und in den Stall
Vom Himmelssaal
Bist g'stiegen uns zu Lieb,
Weil dich die Liebe trieb,
  O Jesulein!

  O Jesulein!
Dein zartfeurig's Herz
Ist voll der Liebe Schmerz,
  O Kindelein!
Drum fließen hier
Liebszähren dir
Von deinen Äugelein,
O liebstes Herzelein!
  O Jesulein!

  O Jesulein
Wir zwar bedauern all
Daß liegen mußt im Stall,
  O Kindelein!
Doch ungemein
Wir fröhlich sein,
Daß uns abg'nommen hast
Des Adams Sündenlast,
  O Jesulein!

O Jesulein!
Wir rufen all' dich an,
Ach uns doch höre an,
O Kindelein!
Wir bitten dich
Herzinniglich
Gib allen uns dein' Gnad'
Und hüt vor Feindes Schad',
O Jesulein!

O Jesulein!
Wir hier absonderlich
Bittlich ersuchen dich,
O Kindelein!
Daß diesem Haus,
Allen heraus,
Willst geben immerdar
Dein Segen noch viel' Jahr,
O Jesulein!

O Jesulein!
Wir jetzund fertig sein,
So schlaf' denn wieder ein,
O Kindelein!
O Herzelein schlaf',
Schlaf', ach schlaf',
Doch schlaf' nicht, wenn wir
Klopfen an der Himmelstür,
O Jesulein!

Fürwahr, Friedrich von Spee, der fromme Dichter, hat in seiner „Trutznachtigall" kaum ein lieblicheres und naiveres Lied, als dieses Dreikönigslied meiner Jugendzeit!

Es war im Jahre 1846, da mich die Reihe traf, unter die heiligen Dreikönige einzutreten, ein Los, auf das ich um keinen Preis der Welt verzichtet hätte. Und als die Mutter mich zum alten Buchbinder Hinterskirch führte, damit er mir die „Krone anmesse", da war ich glücklicher und stolzer, denn ein römischer Dichter, der auf dem Kapitol gekrönt wird. Jeden Abend von Weihnachten ab hielten wir Singprobe, wobei ich den Soprano und die zwei Mitkönige die Altstimme vertraten und des „Schmied-Balden Louis", ein mediatisierter Dreikönig, den Instruktor spielte. Dann ward auch der „Sternen" in Reparatur genommen, geflickt, gepappt und frisch eingeölt. All' das mit einem seligen Eifer, als ob es gälte, ein Schauspiel für Menschen und Engel, für Himmel und Erde aufzuführen.

Am Abend des längst ersehnten Tages aber kam der „Louis", der mich aus besonderer Gunst zum „Schwarzen" unter den drei Heiligen bestimmt hatte, bei Zeiten, um mir das Gesicht zu färben.

Keine Königsbraut, die vom ersten Maler ihres Jahrhunderts porträtiert werden soll, kann mit größerem Behagen sich in Positur setzen, als ich getan, da Louis einen Korkstöpsel in Öl tauchte, ihn am Licht einer Talgkerze schwarz machte und mir das Gesicht übermalte.

Was tut der Mensch nicht aus Egoismus! Der schwarze Dreikönig, Kaspar, war von uns Kindern von jeher am meisten bewundert worden, und deshalb war ich nicht wenig stolz auf seine Rolle und das schwarze Gesicht. Auch schritt der Kaspar stets in der Mitte seiner beiden Kollegen hinter dem „Sternen" her.

Vor jedem Haus wurde ein Lied, und wenn im zweiten Stock eine zweite Familie wohnte, ein zweiter Sang losgelassen. Aus dem untern Stockwerk brachten die Kinder des Hauses in einem Papier eingewickelt die Sängergabe, und das war der innerste Kern des ganzen Königtums und der Sternen-Dreherei – die Leute im obern Stockwerk brannten das Papier an und warfen die Kreuzer und Groschen wie Leuchtkugeln zu den Füßen der „heiligen Dreikönige". Der „Schwarze" aber, als der vornehmste, hob nie „ein Geld" auf, das besorgte einer der andern, entweder der Melchior oder der Balthasar.

Wenn Könige und Stern den halben Lauf der Altstadt durchzogen hatten, kamen sie an das Haus meines Vetters Bosch, eines reichen Bäckers. Da ward seit alten Zeiten von den „heiligen Dreikönigen" und ihrem Stern Einkehr gehalten. Der letztere wurde in den Hausgang gestellt und einstweilen gelöscht, den „hl. Dreikönigen" und ihrem Sternenträger aber am Stubentisch Wein und frisch gebackene Brezeln serviert.

Ich bin überzeugt, daß es den wirklichen Dreikönigen im Palast des Herodes, als sie ihn besuchten, nicht so geschmeckt hat, wie uns beim „Boschenvetter", da wir in königlicher Vertretung bei ihm zu Tische saßen.

Draußen aber warteten die Kinderherzen des ganzen Städtchens auf die Wiederkunft von Königtum und Stern, frierend in der kalten Nacht, während die „drei Heiligen" sich wärmten und gütlich taten. Doch nahm ihnen das in den Augen der Kinder nichts von ihrem „Heiligenschein". Sobald der „Jägermurer" seinen Stern wieder leuchten ließ, war alles zufrieden. Zum Abschied sangen wir dann noch ein Lied vor dem Hause des Gastgebers, sein und meiner daneben wohnenden „Lenebas" Lieblingslied, und das fing an:

> Ich lag in einer Nacht und schlief.
> Es träumte mir, wie König David rief:
> Wie soll ich singen und träumen?
> Von den hl. drei Königen ein neues Lied,
> Sie liegen zu Köllen am Rheine.

Gegen zehn Uhr war die Sternenfahrt der drei Könige zu Ende.

Und nun wurde das Geld gezählt und verteilt; der schwarze Kaspar wusch sein Angesicht und ging königlichen Hochgefühls zu Bette, denn am folgenden Abend sollte der Rundgesang noch einmal ertönen. Diesmal ging's vor die außerhalb der eigentlichen Stadt gelegenen Häuser. Im „grünen Baum" tranken dann die „heiligen drei Könige mit ihrem Stern" ihr Bier; bei dem Kirchhof draußen wurde am zweiten Abend der Stern für ein Jahr gelöscht, und still zogen die „drei Weisen" heim, teilten abermals, gaben ihrem Bannerträger einen Gulden, und vorbei war alle Dreikönigsherrlichkeit. Die Würde ging fürs nächste Jahr an andere über, denen man meist auch die Kronen, so sie noch neu waren, verkaufte.

Friedlichstes Königstum der Erde, wo einer dem andern die Krone für drei Batzen verkaufte!

Genau dreißig Jahre später, am Abend vor dem Dreikönigstag 1876, stund im „Kirchgäßle", im Dunkel der Nacht, eine lange Gestalt an der Ecke des westlichen Zehntgebäudes, als eben die „heiligen drei Könige" vor dem Hause sangen, das zu meiner Zeit der „Bergfidele" bewohnte. Die Knaben hatten scheint's erst angefangen und waren von wenigen Kindern noch begleitet; sie sangen das Lied: „O Jesulein!" Da liefen dem Manne, der ungesehen in ihrer Nähe stund, die Tränen von den Augen; er gedachte der Jugendzeit seiner eigenen Dreikönigswürde und des kindlich seligen Glückes jener Tage, da auch er „dem Sternen" gefolgt und gesungen: „O Jesulein!" – Lange noch folgte ich von ferne den Dreikönigen und der still lauschenden Kinderschar durch die Gassen und träumte mich zurück in die Kinderzeit und in den Kinderhimmel. Ich hätte sterben mögen an jenem Abend, so selig und wehmütig zugleich war mir zu Mute.

Am andern Tag sollte ich in Offenburg als Reichstagskandidat eine Wahlrede halten, und wie ich am Abend so die Dreikönigsknaben vor mir sah und in ihrer Knabenseligkeit singen hörte, da hätte ich alle Reichstagsmandate der ganzen Welt darum gegeben, noch einmal jung zu sein und als „Dreikönig" an den Häusern der Heimat vorüberziehen und singen zu können, singen zu können aus der vollen Lust des Kinderhimmels, zu dessen Sonnen der Stern am Dreikönigstag gehörte. –

Zum Dreikönigstage

Reinhold Schneider

Siehe zu deinen Füßen
irdischer Kronen Zier!
Der Erde Könige grüßen
ihren König in dir.
Kind, das herniedergestiegen
tief in den Abgrund der Nacht.
Alle Mächte erliegen
einst deiner heiligen Macht.

Du aber wolltest nicht kommen
in deiner Gottheit Gestalt;
die ersten der dienenden Frommen
rührte des Sternes Gewalt;
er führte sie sachte und nimmer
soll mehr ein König bestehn,
der nicht den Sternenschimmer
verwandelter Liebe gesehn.

Zepter und Kronen alle
wurden dein Eigentum;
daß sie gekniet im Stalle,
ist künftig der Könige Ruhm.
Du wolltest die Herzen erheben
zu waltender Liebe Thron;
Leben ist nur noch dein Leben,
König, Erlöser und Sohn!

Du wirst in Erwählten erscheinen,
die du zu Wächtern bestellt:
Am mächtigsten schalten die Reinen
im trüben Dämmer der Welt.
Die Engel des Abgrunds fügen
dem Engel des Herrn sich allein;
es lächelt das Kind aus den Zügen
der Helden, die uns befrein.

Da wir knien und schauen,
greift uns das Weltgeschick;
furchtbarer noch als das Grauen
ist König, dein Kindesblick.
Schaudernd umdrängen Dämonen
die sanfte Macht deines Lichts,
unsichtbar unter den Kronen
ruht das Schwert des Gerichts.

Du kündest das nahende Ende;
uns aber laß betend vertraun
und auf die heilige Wende
erschütterter Herzen baun!
Da Geister und Mächte sich scheiden,
errette, göttliches Kind,
die, übermächtigt von Leiden,
hilflose Kinder sind!

Nachwort

Die zahlreichen Geschichten um Weihnachten und Erinnerungen an das Fest, von denen hier nur eine Auswahl gebracht werden konnte, sind ein Zeichen dafür, wie innig das Fest in Baden gefeiert wurde. Das schlägt sich auch in den Darstellungen der Festbräuche von Elard Hugo Meyer im „Badischen Volksleben im 19. Jahrhundert" nieder. Vielgestaltig wie das Land Baden sind die Ausprägungen der zum weihnachtlichen Umkreis gehörenden Feste, an deren Beginn das Nikolausfest steht.

„Santi-Klaustag", so schreibt Heinrich Hansjakob in seinen Erinnerungen an die Jugendzeit, „er war in seinen Vorwochen ein Tag des Gebetes und halb freudigen, halb ängstlichen Harrens, an seinem Vorabend ein Tag der Furcht und am Feste ein Tag der Freude. Schon Wochen vorher wurden ‚Kerbhölzer' mit dem Küchenmesser geschnitten, wahre Plaghölzer für uns; denn sobald sie fertig waren, begann das allabendliche Beten. In einer dunkeln Ecke saß das kleine Menschenkind, das Kerbholz zwischen den Händen, und betete je fünf Vaterunser und den Glauben, und so oft dies Thema abgebetet, ward eine Kerbe ins Holz geschnitten. So ging's fort, bis vor Müdigkeit die Äuglein zufallen wollten; dann ward das Holz in die Tischlade gelegt und der Leib des Beters ins Bett . . . Sobald es Nacht geworden am 5. Dezember, saßen die Kinder jeder Familie um den väterlichen Tisch, jedes sein Kerbholz vor sich liegend und unter Herzklopfen der Dinge wartend, die da kommen sollten." Um 1900, bei Niederschrift der Kindheitserinnerung, stellt er fest: „Jetzt ist der ‚Santi-Klaus-Tag' in der Heimat fast ganz verschwunden und dem ‚Christkindle' gewichen. Wo er noch besteht, hat er nur den freudigen Teil, die gefüllten Teller, der Mann des Schreckens aber existiert nicht mehr." In seiner Kindheit war ihm das Christkind als Gabenbringer – das Amt versah der ‚Santi-Klaus' mit vergleichsweise geringen Gaben, wo außer Äpfeln und Nüssen, Lebkuchen und den ‚Klauswecken' höchstens einmal noch ein hölzerner Gaul oder ein Halstuch auf dem Teller lag, – ebenso wenig bekannt wie der Christbaum, den er nur vom Namen her kannte.

Der Mittelpunkt des rein religiös gefeierten Weihnachtsfestes war das Kind in der Krippe. Unauslöschliche Erinnerungen aus der Kindheit Hansjakobs sind die schönen ‚Krippele', die es zu besichtigen gab. „Das kleine Kind von Bethlehem", – so heißt es – „uns schien es deshalb so holdselig, weil wir bei ihm alles fanden, was zu einem Kinderhimmel gehört. Da stund in frischem Moos, umsäumt von grünem Tannenreis, die ‚Höhle', in der das Kindlein lag auf Stroh und Windeln, umgeben von Ochs und Eselein. Wir glaubten den Atem der Tiere zu hören, der es erwärmen sollte, das nackte, bloße Kind in der kalten Winternacht. Vor der Höhle stunden die Hirten mit Lämmern auf den Schultern, ihre Frauen brachten in Körben Trauben und Brezeln – ihre Herde weidete in einiger Entfernung, und über der Höhle strahlte der ‚Gloria-Engel', der die Geburt verkündigte. Das alles zeigten uns in der Weihnachtszeit die ‚Krippele' der Heimat in leibhaftigen Gestalten, und darum zogen wir in fröhlichen Kinderhaufen den Häusern zu, wo schöne ‚Krippele' zu sehen waren." –

Elard Hugo Meyer schreibt über Krippen in Baden: „Ursprünglich kirchlich und wohl mehr städtisch, wie man denn alte prächtige Muster in Überlingen sieht, wurden sie später auf dem Lande und werden sie in einzelnen kleineren Ortschaften und Dörfern noch nachgebildet. So errichten z. B. die Hausacher Knaben zu Weihnachten an einer Stubenwand ein Brettergerüst, auf dem vermittelst aufrechter Holzstäbe verschiedene Erhöhungen, Berg und Tal, hergestellt und mit Moos belegt werden. Und in dieser Landschaft spielt sich das Leben Jesu bis zu seinem Lehramt ab. Am Weihnachtsabend tut sich eine phantastisch-morgenländische Landschaft auf: oben Jerusalem, vorne der Stall mit der Krippe, darüber der Stern und die Engel, auf der Wiese die Hirten mit den Lämmern, auf Wegen und Stegen gehen die Menschen ihren Geschäften nach. Auf den Felsen stehen vielleicht Gemsen und Adler und in einer finstern Schlucht bei Bethlehem ein Löwenpaar mit Jungen. Aber nicht genug! Nach einigen Tagen erscheinen am Horizonte die Könige aus dem Morgenlande auf ihrem langen Reisezuge, bis sie am h. Dreikönigstag mit ihren Geschenken und Huldigungen im Stall anlangen. Der Stall wird darnach durch einen Palast ersetzt, worin Herodes den Kindermord aussinnt. Oben auf dem Felsenweg die Flucht nach Ägypten usw. bis zur Hochzeit von Kana hin. Ende November beginnt das Schnitzen der Holzfigürchen, das Anfertigen von Bergen und Landschaft aus geleimter Leinwand, sowie das Pappen, Anstreichen und Besandeln. Das Kunstwerk steht in der Regel bis Mariä Lichtmeß . . . Auch in der Baar gab's Weihnachtskrippen wie am Bodensee."

Maria Wimmer, 1944 geboren und in einem kleinen badischen Dorf aufgewachsen, schreibt in „Die Kindheit auf dem Lande": „An Weihnachten war es in der Kirche schön. Vorn vor dem Altar war eine große Krippe aufgebaut. Die Figuren hatten Lebensgröße. Um den Stall herum standen hohe Tannenbäume und über ihm schwebte ein Engel. Am Tag der heiligen drei Könige wurden deren Figuren hinzugestellt. Sonntags nach der Nachmittagsandacht, die alle Kinder besuchten, durften wir ans ‚Krippele' gehen."

Ursprünglich hatten die Krippen – sie werden zurückgeführt auf Franz von Assisi – ihren Platz in den Kirchen. Sie bildeten den Mittelpunkt für Wechselgesänge zwischen Priester und Chor, für das sogenannte Kindelwiegen und Tänze, für Spielszenen, die sich um Herbergssuche, Hirtenanbetung und die der Heiligen drei Könige herausbildeten. Diese Spiele, im Laufe der Zeit zunehmend mit weltlichen Elementen angereichert, uferten allmählich so aus, daß man sie aus den Kirchen verbannte. Die Krippen wanderten in den häuslichen Bereich. Eugen Fehrle, gebürtiger Badener, schreibt in „Feste und Volksbräuche, im Jahreslauf europäischer Völker": In meiner Jugend hatte ich Gelegenheit, die anschauliche Wirkung solcher Krippen in zwei Schwarzwalddörfern zu erleben. Wir Kinder waren um die Weihnachtszeit außerhalb des Gottesdienstes öfters in der Kirche und besprachen eifrig die einzelnen Darstellungen der Krippe. Die Geschichte des christlichen Weihnachtsmysteriums wurde unsern Herzen dadurch lieber und vertrauter, als es der Religionsunterricht zu bewirken vermochte. Ich habe es bedauert, daß später in einer der Kirchen ein Geistlicher, dem offenbar der Sinn für volksnahes Empfinden fehlte, diese Darstellungen der heiligen Geschichte aus der Kirche entfernte und dafür eine bemalte Gipsfigur, die Maria und das Jesuskind darstellte, vor den Altar brachte. Die frohe Liebe zum Christkind, welche die Krippe erweckt hatte, konnte diese Figur im Kinderherzen nicht entzünden und, wie die Schimpfereien über die Entfernung der Krippe am Sonntagnachmittag im Wirtshaus zeigten, bei den Erwachsenen auch nicht.

Nahm die Krippe ihren Weg von der Kirche in den häuslichen Bereich, so verhielt es sich mit dem Tannenbaum umgekehrt. In katholischen Gegenden wurde der Christbaum als protestantische Sitte ohnehin lange abgelehnt. „Und ist der schönste nicht im Stande, mehr zu sein, als eine kindische Spielerei mit Lichtern und Zuckerbrot. Ich bin der festen Meinung, daß die Christbäume von einem Conditor oder weiblichen Wesen erfunden worden sind“, schreibt Heinrich Hansjakob.

Zu seiner Zeit waren sie aber besonders in den Städten schon weitverbreitet. Paul Oskar Höcker erinnert sich in „Kinderzeit“ an das Weihnachtsfest 1870. „Unser Christbaum war ein Märchen. Großvater hatte aus Chemnitz Tillen kommen lassen, die in den Stamm der Weihnachtstanne eingebohrt wurden und eine Zwinge für große Kerzen besaßen. Die Karlsruher kannten das nicht, sie begnügten sich damit, Wachslichtchen auf die Zweige zu kleben. Bei ihnen dauerte das Fest nur ganz kurze Zeit. Wir schwelgten stundenlang. Beim Lichterlöschen durften wir nicht dabei sein.“ Fast hundert Jahre weiter zurück reicht die Beschreibung, die J. P. Hebel in seinen um den ‚Wienechtchindlibaum‘ kreisenden drei Gedichten gibt. Der ausführlich in „Die Mutter am Christabend“ beschriebene Baum hat aber wohl noch keine Kerzen getragen. „Der Wienechtchindlibaum verrotet bald, / wie alli Müetter sin im ganze Dorf“ meint Hebel. „Do hangt e Baum, nei lueg me doch und lueg! / In alle Näste nüt as Zuckerbrot. / s'isch nit viel nutz. Die het e närsche Freud / an ihrem Büebli, will em alles süeß / und liebli mache, tuet em, was es will . . . Jez do sieht's anderst dri ins Nochbers Hus. / Scharmanti bruni Bire, welschi Nuß / und menge roten Öpfel ab der Hurt, / e Gufebüechsli, doch will's Gott der Her / ke Gufe drin. Vom zarte Beseris / e goldig Rüetli, schlank und nagelneu! / Lueg, so ne Muetter het ihr Chindli lieb! / . . . Jez göhn mer witers um e Hus. / Zwor Chinder gnueg, doch wo me luegt und luegt, / schwankt wit und breit ke Wienechtchindlibaum. / Chumm, weidli chumm, do blibe mer nit lang! / O Frau, wer het di Muetterherz so gschüelt? / . . . Doch lueg im vierte Hus, daß Gott erbarm, / was hangt am grüene Wienechtchindlibaum? / Viel stachlig Laub, und näume zwische drinn / ne schrumpfig Öpfeli, ne dürri Nuß! / Se möcht, und het's nit, nimmt ihr Chind uf d'Schoß / . . . Sel isch nit gfehlt, s' isch mehr as Marzipan / und Zuckererbsli. Gott im Himmel sieht's . . .“ Während die Illustration zur 3. Auflage der Alemannischen Gedichte von 1806 den Weihnachtsbaum noch von der Decke herabhängend und ohne Lichter darstellt, zeigt die von Julius Nisle zur Ausgabe vom Jahre 1859 den Weihnachtsbaum im Kerzenschmuck auf dem Tisch stehend.

Der Weihnachtsbaum, der sich aus den Festgebräuchen der Handwerkerzünfte entwickelte und für häusliche Feiern übernommen wurde, tauchte im benachbarten Basel schon 1597 bei Schneidergesellen auf. Mit einem grünen Baum voll Äpfeln und Käse zogen sie umher, stellten ihn in ihrer Herberge auf und plünderten ihn dort. Um 1600 stellten im elsässischen Schlettstadt Mitglieder der „Stubengesellschaft", einer Art Honoratiorenvereinigung, einen mit Äpfeln und Oblaten geschmückten „Mayen", grünen Baum, auf, den die Kinder am Dreikönigstag plündern durften. Von der Jahrhundertwende zum 17. Jahrhundert heißt es: „Auff Weihenachten richtett man Dannenbäum zu Strasburg in den Stuben auff daran hencket man roßen auß vielfarbigem papier geschnitten, Aepfel, Oblaten, Zischgold, Zucker etc. Man pflegt darum ein viereckent ramen zu machen . . ." Wenig später wetterte der Professor und Prediger am Straßburger Münster Johann Konrad Dannhauer gegen die häuslichen Weihnachtssitten: „Unter anderen Lappalien, damit man die alte Weihnachtszeit oft mehr als mit Gottes Wort begeht, ist auch der Weihnachts- oder Tannenbaum, den man zu Hause aufrichtet, denselben mit Puppen und Zucker behängt, und ihn hiernach schüttelt und abblümen läßt. Wo die Gewohnheit herkommen, weiß ich nicht; ist ein Kinderspiel."

Lieselotte von der Pfalz, die ihre Jugend im Heidelberger Schloß verbrachte, erwähnt in einem Brief, der sich auf die Zeit um 1660 bezieht, bereits Lichter am Baum: „Auf diese Tische stellt man Buchsbäume, und befestigt an jedem Zweig ein Kerzchen; das sieht allerliebst aus, und ich möchte es noch heutzutage gern sehen" (Eugen Fehrle). In der zweiten Hälfte des 18. Jahrhunderts, so 1785 in Straßburg, findet man den Weihnachtsbaum schon mancherorts mit Lichtern. Im alemannischen Gebiet am Oberrhein läßt sich der Weihnachtsbaum in seiner heutigen Form besonders früh nachweisen. Die Weihnachtsbäume fanden frühe Verbreitung beim Adel, sie eroberten die Städte sehr viel früher als ländliche Gemeinden. Heute ist er Mittelpunkt der häuslichen Weihnachtsfeier und ist weder von dort noch aus der Kirche – wo auch die Krippe ihren Platz wieder hat – wegzudenken.

Nach dem 2. Weltkrieg hat sich auch das Dreikönigssingen neu belebt, das besonders im südwestlichen Teil des Landes zwischen Heuberg und Oberrhein eine alte Tradition hatte. Es hat auch dort wieder Eingang gefunden, wo es zwischenzeitlich ganz vergessen war. Waren es aber früher meistens arme Kinder, die mit dem Sternsingen Gaben heischten, so sind es heute vor allem Ministranten, die meistens für die Mission sammeln.

Als sich im Mittelalter Weihnachtsspiele um die Krippen in den Kirchen herausbildeten aus den Wechselgesängen zwischen Priester und Chor mit den Themenkreisen Herbergssuche, Anbetung der Hirten, Auffinden des Gotteskindes, Anbetung der heiligen drei Könige und bethlehemitischer Kindermord, fanden dort alte Umzugsbräuche Eingang. Später verselbständigten sich einzelne Szenen, und es tauchten Reste von Weihnachtsspielen wieder als Umgangsspiele, wie beim Sternsingen, auf.

Elard Hugo Meyer teilt ein Sternsingerspiel aus Kappelrodeck bei

Achern mit, wo sich am Umzug außer den drei Königen noch ein schriftgelehrter Jude und Herodes beteiligen. Johannes Künzig fand auf seinen Forschungsreisen durch Baden an etlichen Orten Belege für Dreikönigsumgangsspiele, bei denen es sich nach Hermann Bausinger (Schwäbische Weihnachtsspiele) „nicht um isolierte Belege handelt, sondern um Reste einer offenbar sehr ausgedehnten Spiellandschaft".

In zwei Orten nördlich von Lahr beginnt das Spiel, zu dem außer den drei Königen und Herodes noch Joseph gehört, der eine kleine Jesusfigur trägt, mit der Andeutung der Herbergssuche und endet mit der Errettung des Jesuskindes vor dem Schwert von Herodes. In Haslach im Kinzigtal sammelte der Fabrikant Heinrich August Schaettgen Volkslieder, die dort am Vorabend des Dreikönigsfestes und am Abend desselben von Knaben gesungen wurden. Er gab sie 1906 in Freiburg heraus. Drei der Lieder enthält auch die Dreikönigserinnerung von Heinrich Hansjakob. „Die Umgangsspiele der Sternsinger beleben ein wenig das peinliche Weiß auf den Forschungskarten unseres Raums. Aber Hinweise auf andere Spiele fehlen ganz; und der Südwesten erscheint immer noch dürftig und karg, wenn man ihn mit den an Volksschauspielen reicheren Landschaften, vor allem Österreichs und Bayerns vergleicht", schreibt Hermann Bausinger. Ein Decret vom 20. November 1746 des Fürsten von Fürstenberg läßt Rückschlüsse auf ein altes Weihnachtsspiel zu. Dort heißt es „Eine gleiche Beschaffenheit (wie mit dem Nikolausfeste) hat es mit denen jenigen, welche um die heilige *Weyhnacht-* und *Neujahrszeit* mit einander herumziehen, und wie sie es nennen *drey König* oder *Adam* und *Evam zu spihlen* und andre derlei Sachen, um eine Schankung zu erhalten, vorzustellen, demnächst auch nächtlicherweil vor denen Häusern herum zu singen pflegen, woraus mehrere Verachtung, Gespött und Unanständigkeit als Auferbauung und Gutes entsteht; welchem nach dann auch dieses in Zukunft weder Fremd nach Einheimischen mehr zu gestatten –; ‚die Bettler' haben solches (Almosen) vielmehr in ihren gewohnlichen Kleyderen und mit dem heiligen Gebet, dann mit dergleichen Verstellungen und zu allerhand Ungebühren Anlaß gebenden Gelegenheit zu suchen."

Es ließe sich noch etliches mehr aus weihnachtlichem Brauchtum in Baden anführen, so die Klöpfletage oder auch Knöpfletage genannten drei Donnerstage vor Weihnachten, an denen es „bispelt", nicht ganz geheuer ist; die Lostage, an denen altüberlieferte Mittel zu einem Blick in die Zukunft verhelfen sollten; das Essen bestimmter Gerichte und der Fruchtbarkeitszauber, beides Mittel, um Reichtum, Gesundheit und gute Ernte zu erreichen; der Abwehrzauber, der in vielen Bräuchen zum Ausdruck kommt, um Unheil vom neuen Jahr abzuwenden, wozu man auch Wasser und Salz segnen läßt; Bräuche, in denen teilweise noch heidnische Elemente zu verfolgen sind, die ihre Prägung aber erfuhren durch die christliche Lehre beider Konfessionen. So bewegt die Geschichte Badens war –, erst 1771 begann durch den Zusammenschluß des überwiegend katholischen Baden-Badens mit dem zur Hauptsache protestantischen Baden-Durlach das Großherzogtum Baden zu entstehen – so vielseitig sind seine Festbräuche, eng mit Geschichte, Konfession und geographischer Lage zusammenhängend.

Hier sollte versucht werden, den Brauchtumshintergrund für die ausgewählten Erzählungen darzustellen. Wie bei der Sammlung der Weihnachtsgeschichten aus Württemberg – die Fülle der vielfach ähnlichen Bräuche ist dort ausführlicher behandelt – fällt auch bei dieser Sammlung die große Anzahl der Theologen unter den Schriftstellern auf. Der erste, ein Mönch, schrieb sein Gedicht kurz nach der Christianisierung wie damals üblich in Latein. In die Zeit der ersten deutschsprachigen Weihnachtslieder im 15. Jahrhundert reicht der zweite Beitrag. Groß ist die Zahl der Volksschriftsteller, überwiegend aus dem 19. Jahrhundert, unter ihnen etliche Theologen und Lehrer. Das Wirken der Schriftsteller des 20. Jahrhunderts, dessen Werk die Erfahrungen mit dem 3. Reich und dem 2. Weltkrieg prägten, läßt ihre regionale Herkunft häufig kaum noch deutlich werden, es sei denn in den Erinnerungen an die Kindheit. Auch Beiträge „Fremder" fanden Aufnahme, die halfen, das Bild Badens in der Weihnachtszeit abzurunden.

Gundel Paulsen

Quellenangaben und biographische Daten

Annette von Droste-Hülshoff: *„Seh' ich ein Kind"* (Gedicht)
Aus: „Annette von Droste-Hülshoff, Gesammelte Werke", herausgegeben von Reinhold Schneider zum 100. Todestag der Dichterin 1948, Bd. II Gedichte. Das Gedicht „Was bleibt", dessen erste Strophe hier vorliegt, wurde erstmals 1844 veröffentlicht.
Annette Freiin von Droste-Hülshoff wurde am 10. 1. 1797 auf Schloß Hülshoff bei Münster geboren. Ihre Kindheit verbrachte sie dort zusammen mit drei Geschwistern. Schon früh an Dichtung herangeführt, begann sie bereits 1819 mit der Arbeit an religiösen Gedichten. 1826, nach dem Tod des Vaters, übersiedelte sie zusammen mit der Mutter auf den Witwensitz Rüschhaus bei Münster. Ab 1841 lebte sie meistens auf Schloß Meersburg am Bodensee, 1838 von ihrem Schwager, dem Germanisten Freiherr von Laßberg, erworben. Hier und bei den Rheinreisen in den Jahren davor lernte sie u. a. Schlegel und Simrock sowie Levin Schücking kennen. 1843 erwarb sie das „Fürstenhäusle" mit Rebgut oberhalb Meersburgs, das sie aber infolge ihrer Krankheit nur selten bewohnen konnte. Sie starb am 24. 5. 1848 im äußeren Gartenturm des alten Schlosses. Ihr nicht sehr umfangreiches, aber vielseitiges Werk ist geprägt durch das Erlebnis der Heimat und von ihrer katholischen Frömmigkeit. Am bekanntesten sind ihre Balladen und Heidebilder sowie die Novelle die „Judenbuche". Sie gilt als die größte deutsche Lyrikerin.

Reinhold Schneider: *„Tröstliche Kindheit"* und *„Zum Dreikönigstage"* (Gedicht)
Aus: „Gesammelte Werke in zehn Bänden". © Insel Verlag Frankfurt am Main 1982.
Reinhold Schneider wurde am 13. 5. 1903 in Baden-Baden geboren. Er wuchs im väterlichen Hotel „Meßmer" auf. Nach dem Abitur war er zunächst Landwirtschaftspraktikant, erhielt dann eine kaufmännische Ausbildung in Dresden. Daneben befaßte er sich besonders mit portugiesischer und spanischer Literatur. Nach Reisen in verschiedene Länder lebte er als freier Schriftsteller zunächst in Potsdam und seit 1938 in Freiburg. 1940 wurde er als Mitglied des katholischen Widerstandes gegen den Nationalsozialismus mit Schreibverbot belegt, 1945 dann wegen Hochverrats angeklagt. Nach 1945 erhielt er viele Ehrungen, 1956 den Friedenspreis des deutschen Buchhandels für sein stark von christlicher Tradition geprägtes literarisches und kulturphilosophisches Werk. Die Geschichte seines Geburtshauses, 1956/57 abgerissen, erzählt er in „Der Balkon". Reinhold Schneider starb am 6. 4. 1958 in Freiburg.

Anton Fendrich: *„Advent in der Ortenau"*
Aus: „Land meiner Seele", P. Keppler Verlag, Baden-Baden 1950.
Anton Fendrich wurde am 8. 4. 1868 in Offenburg als Sohn eines Eisenbahnbeamten geboren. Er studierte in Zürich Nationalökonomie, arbeitete als Redakteur an sozialdemokratischen Zeitungen in Frankfurt und Braunschweig und ab 1895 als Redakteur des „Volksfreundes" in Of-

fenburg. 1897 wurde er in den badischen Landtag gewählt. Später lebte er als freier Schriftsteller in Freiburg, wo er am 6. 1. 1949 starb. Seine Erzählungen und Romane behandeln Themen aus der Landschaft am Oberrhein.

Abraham a Sancta Clara: „*Fragt der Nicola*“ (Gedicht)
Aus „Abrahamisches Gehab dich wohl“, Sämtliche Werke, Winkler, Passau 1837 Bd. 11.
Abraham a Sancta Clara, sein bürgerlicher Name lautete Johann Ulrich Megerle, wurde am 2. 7. 1644 in Kreenheinstetten bei Meßkirch in Baden als 8. Kind eines leibeigenen Bauern und Gastwirts geboren. Er besuchte die Schule in Meßkirch, später das Gymnasium bei den Jesuiten in Ingolstadt, ab 1659 die Benediktiner-Universität in Salzburg. Als Augustiner-Barfüßer lebte er 4 Jahre in Maria Brunn, nach dem Studium der Theologie später als Bußprediger in Wien, wo er am 1. 12. 1709 starb. Das Erlebnis der Pest 1679 und des Sittenverfalls machten ihn zum sprachgewaltigsten Kanzelredner der deutschen Literatur nach der Reformation.

Elard Hugo Meyer: „*Das Nikolausfest um die Jahrhundertwende*“
Aus „Badisches Volksleben im neunzehnten Jahrhundert“, Verlag von Karl J. Trübner, Straßburg 1900.
Elard Hugo Meyer wurde am 6. 10. 1837 als Sohn eines Advokaten in Bremen geboren. Er studierte in Bonn, Tübingen und Berlin. 1860 promovierte er in Halle und wirkte dann als Lehrer und Direktor an der Handelsschule in seiner Vaterstadt. 1888 habilitierte er sich in Freiburg, wo er seit 1890 als Professor und Volkskundler lebte. Elard Hugo Meyer starb dort am 11. 2. 1908.

Hermine Villinger: „*S'Büebli*“
Aus „Kleine Leute. Kurze Geschichten für Groß und Klein“, G. Weise Verlag, Stuttgart 1906.
Hermine Villinger wurde am 6. 2. 1849 in Freiburg als Tochter eines Beamten geboren. 1850 zog die Familie nach Karlsruhe. Sie besuchte dort die höhere Töchterschule. Danach war sie drei Jahre im „Kloster“, einem katholischen Mädchenpensionat in Offenburg. Nach ihrer Rückkehr nach Karlsruhe fand sie Kontakt zum Theater und zu einem literarischen Kreis. Sie wurde freie Schriftstellerin. Am 4. 3. 1917 starb sie in Karlsruhe. In ihren zahlreichen Romanen und Erzählungen schildert sie das Leben kleiner Leute in ihrer badischen Heimat.

Johann Peter Hebel: „*Die Mutter am Christabend*“ (Gedicht)
Aus „Johann Peter Hebel, Alemannische Gedichte“ mit hochdeutscher Übertragung von Richard Gäng, Philipp Reclam jun., Stuttgart 1960.
Johann Peter Hebel wurde am 10. 5. 1760 als Sohn eines armen Webers auf der Reise in Basel geboren. Er stammte aus dem Dorf Hausen im Schwarzwald, wo er die Dorfschule besuchte. Auf den Besuch der Lateinschule in Schopfheim folgte der des Gymnasiums in Karlsruhe. In Erlangen studierte er Theologie und war nach dem Staatsexamen zu-

nächst Hauslehrer, ab 1783 dann Lehrer am Pädagogium in Lörrach und von 1791–1824 am Gymnasium in Karlsruhe. 1798 wurde er Professor, 1819 Prälat der Evangelischen Landeskirche Baden. Am 22. 9. 1826 starb er auf einer Dienstreise in Schwetzingen. Als bedeutendster alemannischer Mundartdichter wurde er zum Vorbild für die Mundartdichtung des 19. Jahrhunderts. Mit seinen Kalendergeschichten und Kurzerzählungen erlangte er Weltruhm.

Max Rieple: *„Die kleine Tanne im Winterwald"*
Entnommen aus „Weihnachtliche Zeit", Don Bosco Verlag, München 1961.
Max Rieple wurde am 13. 2. 1902 in Donaueschingen geboren. Nach dem Abitur am dortigen Gymnasium studierte er Jura, Kunstgeschichte und Musik. Von 1947 ab war er 13 Jahre lang Präsident der Gesellschaft der Musikfreunde in Donaueschingen und der Erneuerer der Donaueschinger Musiktage. Max Rieple starb am 16. 1. 1981 in seiner Heimatstadt. Er verfaßte zahlreiche Landschafts- und Reisebücher.

Ludwig Finckh: *„Christfest"*
Aus „Sonne am Bodensee", Deutsche Verlagsanstalt, Stuttgart 1928.
Ludwig Finckh wurde am 21. 3. 1876 als Sohn eines Apothekers in Reutlingen geboren. Er studierte zunächst Jura in Tübingen, München und Leipzig. Sein später begonnenes Medizinstudium schloß er 1904 mit dem Dr. med. ab. 1905 ließ er sich als praktischer Arzt in Gaienhofen nieder, wo ihn eine Freundschaft mit Hermann Hesse verband. Er starb dort am 8. 3. 1964. In seiner Dichtung wird schwäbische Landschaft und Geschichte lebendig. Ihm zu verdanken ist die Erhaltung des Hohenstoffeln im Hegau, der zur Schottergewinnung abgetragen werden sollte.

Hans Bender: *„Die Herberge"*
Aus „Das Winterbuch", Gedichte und Prosa. Herausgegeben von Hans Bender und Hans Georg Schwark. Insel Taschenbuch 728. Insel Verlag Frankfurt am Main 1983. Rechte beim Autor.
Hans Bender wurde am 1. 7. 1919 in Mühlhausen bei Heidelberg im Kraichgau geboren. 1949 setzte er nach Kriegsdienst und Gefangenschaft das unterbrochene Studium der Philologie fort. Er lebte in Mannheim, später in Köln als Redakteur. Neben seiner schriftstellerischen Arbeit wirkte er als Herausgeber zahlreicher Anthologien und avantgardistischer Zeitschriften („Konturen", danach „Akzente"). Sein schriftstellerisches Werk umfaßt Lyrik, Erzählungen und Romane. Die Süddeutsche Zeitung verlieh ihm den Kurzgeschichtenpreis.

Marie Luise Kaschnitz: *„Dezembernacht"* (Gedicht)
Aus Marie Luise Kaschnitz, „Dein Schweigen – meine Stimme" Claassen-Verlag, Düsseldorf 1962.
Marie Luise Freifrau von Kaschnitz wurde am 31. 1. 1901 in Karlsruhe als Tochter eines Offiziers geboren. In Weimar und München machte sie in den Jahren von 1922–1924 eine Buchhandelslehre durch. Ab 1924

lebte sie in Rom. Ihrem Mann, Direktor des deutschen archäologischen Instituts in Rom, folgte sie 1932 nach Königsberg, 1937 nach Marburg und 1941 nach Frankfurt am Main, wo sie 1960 Gastdozentin für Poetik wurde. Marie Luise Kaschnitz starb am 10. 10. 1974 in Rom. Sie schrieb Romane und Essays und erlangte vor allem als Erzählerin und Lyrikerin große Bedeutung.

Karl Hesselbacher: *„Christabend im Pfarrhaus"*
Aus „Von deiner Krippe glänzt ein Strahl", Verlag Eugen Salzer, Heilbronn 1935.
Karl Hesselbacher wurde am 19. 5. 1871 als Sohn eines Pfarrers in Mükkenloch bei Heidelberg geboren. Er studierte in Halle und Heidelberg. Nach seinem Studium war er als Vikar in Heidelsheim, Schwetzingen und Karlsruhe tätig und in verschiedenen Orten als Pfarrer, zuletzt in Baden-Baden, wo er am 11. 1. 1943 starb. Neben zahlreichen Erzählungen brachte er die Literaturgeschichte „Silhouetten neuerer badischer Dichter" heraus, die den Zeitraum von J. P. Hebel bis zum 1. Weltkrieg umfaßt.

Emil Frommel: *„Weihnachten in Altlußheim"*
Aus „Festflammen. Gedanken und Bilder zu den hohen Festen der Kirche", Bremen 1891, C. Ed. Müller's Verlagsbuchhandlung.
Emil Frommel wurde am 5. 1. 1828 als Sohn des Malers und Galeriedirektors in Karlsruhe geboren. Er studierte in Halle, Erlangen und Heidelberg Theologie. Als Vikar wirkte er anschließend in Altlußheim bei Schwetzingen und in Spöck. Nach einer Italienreise war er in seiner Vaterstadt von 1854–1864 zunächst Vikar, dann Stadtpfarrer, die folgenden fünf Jahre in Barmen/Wuppertal. Er war im Krieg 1870/71 Feldprediger, später Garnisonspfarrer in Straßburg, ehe er als Militäroberpfarrer und Erzieher der kaiserlichen Prinzen nach Plön kam. Dort starb er am 9. 11. 1896. Seine vielen Erzählungen, in denen sein Anliegen als Seelsorger deutlich wird, machten ihn zum Volksschriftsteller.

Hans Thoma: *Die Frohbotschaft in alemannischer Mundart*
Aus „Heilige Nacht, noch ein Weihnachtsbuch von Pfarrer A. Bertsch", Quell-Verlag, Stuttgart 1929.
Hans Thoma wurde am 2. 10. 1839 in Bernau im Schwarzwald als Sohn eines Müllers geboren. Er besuchte von 1859–1865 die Kunstschule in Karlsruhe, später für ein Jahr in Düsseldorf. Nach Aufenthalten in Paris und Italien lebte er einige Jahre in München und Frankfurt, ehe er von 1899–1916 Direktor der Kunsthalle in Karlsruhe und als Professor Leiter eines Meisterateliers an der Akademie Karlsruhe war. Er war zu seiner Zeit einer der Lieblingsmaler in Deutschland, trat aber auch als Schriftsteller hervor. Hans Thoma starb am 7. 11. 1924 in Karlsruhe.

Wahlafried Strabo: *Weihnachtshymne* (Gedicht)
Entnommen aus „Friede auf Erden, ein Weihnachtsbuch", Union Verlag, Berlin 1954
Wahlafried Strabo (Strabus = der Schielende) wurde um 808 geboren.

Er war zunächst Mönch in Fulda, dann von 829–838 Erzieher Karl des Kahlen. Seit 842 war er Abt des Benediktinerstiftes auf der Insel Reichenau. Er ertrank am 18. 8. 849 auf einer Gesandschaftsreise zu Karl dem Kahlen beim Überschreiten der Loire. Außer wissenschaftlichen Werken schrieb er lateinische Gedichte, die unter dem Titel „Monumenta Germania historica, Poeta" 1884 in 2 Bänden von C. Dümmler herausgegeben wurden.

Heinz Vonhoff: *Über die Berge schreitet der Engel*
Aus: „Über die Berge schreitet der Engel, Geschichten um Advent und Weihnachten", Sonnenweg-Verlag, Neuffen 1976.
Heinz Vonhoff wurde am 11. 4. 1922 in Betzdorf an der Sieg geboren. 1948 kam er als Lehrer nach Heidenheim. Dort entwickelte er mit Schulknaben ein Hirtenspiel, welches auch andernorts viele Aufführungen erlebte. Er wirkt jetzt als Schuldekan in Steinheim am Albruch. Er schrieb Erzählungen und Gedichte religiösen Inhalts, auch für Kinder, und gab zahlreiche Sammlungen heraus.

Joseph Victor von Scheffel: *Weihnachten auf dem hohen Twiel*
Aus „Joseph Victor von Scheffel, Gesammelte Werke in 6 Bänden" Adolf Benz u. Comp. Stuttgart, 1. Band „Ekkehard" 10. Kap. gekürzt.
Joseph Victor (seit 1876) von Scheffel wurde am 26. 2. 1826 als Sohn eines Majors und Baurats in Karlsruhe geboren. Er besuchte dort das Gymnasium. Nach dem Jurastudium in München, Heidelberg und Berlin war er zunächst Rechtspraktikant in Säckingen, dann Bruchsal. 1853 kehrte er nach einer Italienreise nach Karlsruhe zurück. Er trat aus dem badischen Staatsdienst aus und führte als freier Schriftsteller ein Wanderleben, dessen Stationen u. a. bei St. Gallen, am Bodensee, in Heidelberg, Italien und als Bibliothekar in Donaueschingen lagen. 1864 kehrte er nach Karlsruhe zurück. Seinen Lebensabend verbrachte er schwer leidend in Radolfzell am Bodensee. Er starb am 9. 4. 1886 in Karlsruhe. Sein „Ekkehard" wurde zum erfolgreichsten Roman des 19. Jahrhunderts. Auch einige seiner Lieder wie „Alt Heidelberg, du feine" und „Wohlauf, die Luft geht frisch und rein" gehören zu den bekanntesten Kneip- und Kommersliedern. Scheffel-Gedenkstätten befinden sich in Karlsruhe und Radolfzell.

Adolf Schmitthenner: *Friede auf Erden*
Aus: „Adolf Schmitthenner, Friede auf Erden, Drei Weihnachtserzählungen", Christliche Verlagsanstalt, Konstanz in Baden 1951.
Adolf Schmitthenner wurde am 24. 5. 1854 in Neckarbischofsheim als Sohn eines Pfarrers geboren. Er besuchte in Karlsruhe das Gymnasium und studierte von 1872–76 Theologie in Tübingen, Leipzig, Heidelberg und Berlin, anschließend war er als Vikar in verschiedenen badischen Städten tätig, bis er als Nachfolger seines Vaters Pfarrer in seiner Heimatstadt wurde. Ab 1893 war er Stadtpfarrer und Dozent am Prediger-seminar in Heidelberg. Dort starb er am 22. 1. 1907. Neben der Veröffentlichung von Romanen und Novellen, vielfach mit historischem Hintergrund, erschienen seine Predigten als Sammlung.

Walter Franke: *Die Freiburger Engel*
Aus „Weihnachtliche Zeit“, Don Bosco Verlag, München 1961, Rechte bei Presse-Büro Gayda, Günzburg.
Walter Franke wurde am 6. 9. 1908 in Freiburg geboren. Er lebte bis 1919 im Elsaß, dann als Oberstudienrat und Gymnasialprofessor in Kirchzarten bei Freiburg, wo er am 6. 8. 1959 starb. Er veröffentlichte zahlreiche Kurzgeschichten, viele in der Zeitschrift „Der Deutschunterricht“.

Walter Persich: *Bescherung im alten Schloß, eine Geschichte um Annette von Droste-Hülshoff*
Entnommen aus „Morgengabe, Eine Auslese aus den Werken und der Zeitschrift der Deutschen Buch-Gemeinschaft“, Berlin o. J.
Walter Anatole Persich wurde am 5. 7. 1904 in Hamburg geboren. Neben Romanen und Feuilleton schrieb er Hörspiele. Er starb am 23. 5. 1955 in Hamburg.

Aloys Schreiber: *Die Krippe* (Gedicht)
Entnommen aus: „Badisches Hausbuch, Bilder und Geschichten aus dem alten Baden“, Rombach + Co GmbH, Freiburg im Breisgau 1980.
Aloys Schreiber wurde am 12. 10 1761 in Kappelwindeck bei Bühl geboren. Er studierte in Freiburg und wurde 1784 Lehrer zunächst in Baden-Baden, dann in Mainz und Frankfurt und 1799 Professor für klassische Literatur in Baden-Baden. 1804 vertauschte er seine Lehrtätigkeit dort mit der Professur für Ästhetik in Heidelberg. Von 1813–1824 war er Hofhistoriograph in Karlsruhe. Seinen Lebensabend verbrachte er in Baden-Baden, wo er am 21. 10. 1841 starb. Er sammelte Sagen und Volkslieder in Baden und gab Rheinsagen und Reisehandbücher vom Rhein heraus. Auch als Schriftsteller war er vielseitig.

Richard Gäng: *Mettengang im Gebirge*
Aus „Der unheimliche Mitspieler, Erzählungen“, Verlag Herder, Freiburg i. Breisgau 1960.
Richard Gäng wurde am 21. 4. 1899 in Immeneich im Schwarzwald als Sohn eines Bauern geboren. Seit 1919 war er im Schuldienst tätig und unterrichtete als Deutschlehrer an Höheren Schulen in Freiburg. Er starb am 10. 8. 1983. Sein Werk als Lyriker und Erzähler, teilweise in Mundart, wurde 1953 mit dem Scheffelpreis ausgezeichnet und durch die Ehrenbürgerschaft von St. Blasien gewürdigt.

Franz Hirtler: *Die Christnacht des Fuhrmanns Mannhart*
Aus „Kölnische Volkszeitung“, 69. Jg. 1928, Nr. 927 u. 929, 24. u. 25. 12.
Franz Hirtler wurde am 17. 4. 1885 in Freiburg geboren. Er war Volksschullehrer u. a. in Baden-Baden und Freiburg. Später war er Direktor der Pädagogischen Akademie in Gengenbach und Lörrach. Er gab den „Lahrer Hinkenden Boten“ und „Hebels Rheinländischen Hausfreund“ von 1935–1947 heraus. Franz Hirtler starb am 15. 7. 1947 in Lörrach.

Friedrich Schnack: *Gast am Weihnachtsabend*
Aus „Petronella im Bauerngarten und andere Erzählungen“, Rosgarten Verlag, Konstanz 1970.
Friedrich Schnack wurde am 5. 3. 1888 als Sohn eines Gerichtsvollziehers in Rieneck in Unterfranken geboren. Er besuchte die Oberrealschule in Würzburg, wurde dann zunächst Bankbeamter, später Hauslehrer, Industrieangestellter und nach dem ersten Weltkrieg Journalist in Dresden, später Mannheim. Seit 1926 lebte er als freier Schriftsteller an verschiedenen Orten, ab 1959 in Baden-Baden und zuletzt in Überlingen und München, wo er am 6. 3. 1977 starb. Er schrieb außer Lyrik und erzählender Prosa Erlebnis- und Reiseberichte, Biographien und zahlreiche Werke über Tier- und Pflanzenleben. Außerdem verfaßte er eine Reihe Erzählungen für Kinder, die teilweise auch in andere Sprachen übersetzt wurden.

Hans Bahrs: *Die Weihnacht am Verlorenen Hang*
Aus „In der Weihnachtsstadt, Advents- und Weihnachtserzählungen“, herausgeg. von E. Frank, Agentur des Rauhen Hauses, Hamburg 1977.
Hans Bahrs wurde am 25. 5. 1917 in Hamburg geboren. Er war dort Lehrer. Sein schriftstellerisches Werk umfaßt Lyrik, Erzählungen und Romane wie auch Dramen und Hörspiele. Neben anderen Auszeichnungen erhielt er 1960 den Preis für Deutsche Kurzgeschichte. Hans Bahrs starb am 18. 7. 1983 in Hamburg.

Heinrich von Loufenberg: *In einem Krippfli* (Gedicht)
Entnommen aus „Das Weihnachtsbuch“, Hugo Schmidt Verlag, München 1918.
Heinrich (von) Lauf(f)enberg oder auch Loufenberg wurde um 1390 in Freiburg, vielleicht auch in Laufenberg am Oberrhein geboren. Seit 1429 war er Priester und Dechant in Freiburg, ab 1433 Dekan des Kollegiatsstifts in Zofingen und ab 1441 wieder in Freiburg Münsterkaplan und Dekan des Kapitels. Seit 1445 lebte er als Mönch im Johanniterkloster in Straßburg, wo er am 31. 3. 1460 starb. Er gilt als der bedeutendste geistliche Lieddichter des 15. Jahrhunderts. Philipp Wackernagel zeichnete seine Lieder nach einer Papierhandschrift der Staatsbibliothek Straßburg in „Das deutsche Kirchenlied, Bd. 2“ Leipzig 1867 auf. Das Lied „In einem Krippfli“ trägt dort die Nr. 706 und die Überschrift „Winaht lied“. Die Papierhandschrift trug den Vermerk: „Diß büchelin hat gedihtet herr heinrich löffenberg ein priester/ertzpriester und dechan der dechanye ze friburg in brys/gowe der da no noh do man zalt M. cccc. xlv. jor gieng/von der welt in sant Johans orden ze dem grünen werde ze stroßburg. bittend got für in.“

Heinrich Hansjakob: *Dreikönigstag*
Aus „Aus meiner Jugendzeit, Erinnerungen von Heinrich Hansjakob“, Verlag Franz Leichter, Ohlau 1907
Heinrich Hansjakob wurde am 19. 8. 1837 als Sohn eines Bäckers – der Vater betrieb auch eine Stadtwirtschaft – in Haslach geboren. Er studierte Theologie und Philologie in Freiburg. Nach katholischer Prie-

sterweihe und philologischem Staatsexamen war er zunächst Gymnasiallehrer in Donaueschingen, dann Realschuldirektor in Waldshut. Nach Festungshaft in Rastatt wegen kulturpolitischer Betätigung wurde er aus dem Schuldienst entlassen und übernahm die Pfarrei in Hagnau am Bodensee. Von 1871–1881 war er badischer Landtagsabgeordneter, von 1884–1913 Stadtpfarrer in St. Martin in Freiburg. Seine letzten Lebensjahre verbrachte er in Haslach, wo er am 23. 6. 1916 starb. Er gilt als der populärste Volksschriftsteller Badens. Er schildert die bäuerlichen Menschen und die Landschaft des Schwarzwaldes in Erzählungen und Lebenserinnerungen.

Der Verlag dankt allen Autoren, Rechtsinhabern und Verlagen für die freundlichen Erlaubnisse zum Abdruck der Beiträge. In den Fällen, wo die Inhaber der Rechte trotz aller Bemühungen nicht festzustellen oder erreichbar waren, verpflichtet sich der Verlag, rechtmäßige Ansprüche im üblichen Rahmen abzugelten.

Inhaltsverzeichnis

Annette von Droste-Hülshoff
Seh' ich ein Kind (Gedicht) 5

Reinhold Schneider
Tröstliche Kindheit 6

Anton Fendrich
Advent in der Ortenau 10

Abraham a Santa Clara
Fragt der Nicola (Gedicht) 14

Elard Hugo Meyer
Das Nikolausfest im neunzehnten Jahrhundert 15

Hermine Villinger
's Büebli 19

Johann Peter Hebel
Die Mutter am Christabend (Gedicht) 25

Max Rieple
Die kleine Tanne im Winterwald 27

Ludwig Finkh
Christfest 30

Hans Bender
Die Herberge 32

Marie Luise Kaschnitz
Dezembernacht (Gedicht) 35

Karl Hesselbacher
Christabend im Dorfpfarrhaus 36

Emil Frommel
Christmette in Altlußheim 45

Hans Thoma
Die Frohbotschaft in alemannischer Mundart 49

Wahlafried Strabo
Weihnachtshymne (Gedicht) 51

Heinz Vonhoff
Über die Berge schreitet der Engel 52

Joseph Victor von Scheffel
Weihnachten auf dem hohen Twiel 56

Adolf Schmitthenner
Friede auf Erden 62

Walter Franke
Die Freiburger Engel 69

Walter Persich
Bescherung im alten Schloß 71

Aloys Schreiber
Die Krippe (Gedicht) 77

Richard Gäng
Mettengang im Gebirge 79

Franz Hirtler
Die Christnacht des Fuhrmanns Mannhart 86

Friedrich Schnack
Gast am Weihnachtsabend 93

Hans Bahrs
Die Weihnacht am Verlorenen Hang 96

Heinrich von Loufenberg
In einem Krippfli (Gedicht) 100

Heinrich Hansjakob
Dreikönigstag 102

Reinhold Schneider
Zum Dreikönigstage (Gedicht) 107

Nachwort 109

Quellenangaben und biographische Daten 115